南の風に誘われて

椎名 誠
Shiina Makoto

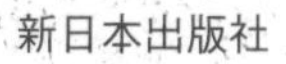

南の風に誘われて

たくましくて美しい人々

ありのままの人々がいた

驚きと魅惑の日々 179

装丁・本文デザイン◎宮川和夫

自然のままの強い風景

激流が育てるラオスの逞しい少年

ひええ、ようやくアセダラギラギラの夏がおわる。といいつつこれを書いているのは八月のおわりだからまだ油断がならない。台風という用心棒を先頭にいつまた汗ダラ大軍でトドメをさしにくるかわからない。

この夏思ったのは年々温度と湿度が高くなり、暑さの質が悪くなっている、ということだ。夏のはじめとかお盆とか晩夏などというメリハリがあまりはっきりせず、台風と結託して地方を集中的に攻めまくるという弱いものいじめが目立った。便乗して夏関連のいろいろがグレていた。

たとえば「セミ」のタイドだ。夏のはじまりと盛夏と晩夏の区分があまりはっきりせず、人々の反応をじっとうかがって鳴いているようなところがあった。

そういえば「蚊」もはっきりした存在感がなかった。蚊にくわれるといまいましいが、でも日本の蚊なんて「いいですわねえ、日本の夏」のほんのちょっとしたわき役なんだから、もう少し存在感を示してくれてよかったように思う。つまりいいこちゃんぶっていたのだ。

このままでいくとオリンピックは本当にどういうことになるのだろうか。いろんな競技がたくさんあるけれど、マラソンなんかは場所によっては死者がでそうだ。

一番いいのは水泳だろうか。観客よりも選手のほうが楽だったりして。

話、少し変わるが、戦後生まれの沖縄の人にはカナヅチが多いらしい。沖縄や南西諸島によく行っていた頃にそんな話を聞いてちょっと驚いた。

理由はいろいろあるらしいけれど、南の島の海にはけっこういろいろぶっそうな奴がいて子供なんかには危険だから親や学校の先生なんかが子供らに海に行かせないようにしていた、という理由があるらしい。そんなふうに小さい頃になじまないと青年期になるとますます遠ざかってしまう。

本土の学校には戦後早くからプールなどが作られ、子供らはそこで水泳を覚えた。日本の行政の差別感覚は早くもそんなところにもあらわになっていたのだろうか。途上国をいくと、プールどころか学校すら満足にない辺境の地の子供たちは見ていておののくくらい逞しい。それらの機敏な動作はたぶんそこらの木を自在に飛び回っているサルが先生だったり、激しい川の中を自在に泳いでいく魚などが水泳の先生だったりするからだろう。

日本の山岳地帯には沢山の川が流れているので川の少ない沖縄よりも海のない山奥の子のほうが水泳がうまかったりしてここでもヘンな環境差別が出てくる。

この写真の少年はラオスの山岳民族の子。

暑い国だから年中オンボロカヌーで激流を下り、水深一〇メートルぐらいのトロ場（流れがゆるく深いところ）にたちまち潜っていっていろんな魚を手製のモリで突いてくる。顔がこころから嬉しそうだ。この国にはいじめによる子供の自殺などないだろう。

ラオスの山岳地帯には、幅は狭いけれどその分激流になってくねっていくメコン川の源流がたくさんある。そこは魚類を獲る場であり、子供らの遊び場。大人でもちょっとひるむような、そんな川で少年たちは魚をたくさん捕りに潜っていく。

主人は店の中で食事。食べ終わるまでこうしてじっと待っている。

外国の旅に出ると知らず知らずのうちに犬の写真を撮っている。もともと犬好きなのと、日本以外の国の犬は「自由でいいなあ」と思うことが多いからだ。

自由、というのは繋(つな)がれていないこと。犬は犬でその日の気分でぶらぶら歩いている。

途上国でそういう風景をいちばん見るが、平均的に貧しい国では人間が食べるのが精一杯で、犬にまで定期的に餌をあげている余裕がない、という理由がある。自分で何か食べるものを見つけてこい、というわけだ。

犬としては自活の日々を強いられるが、それでもクサリなどに繋がれず、好きなようにあちこちうろつける、というのは嬉(うれ)しいだろう、と思う。

日本は飼い主と散歩するとき以外は繋がれている。いろんな事情があって定期的に散歩にでられない犬もたくさんいて、そういう犬は拘禁ノイローゼになってしまったりする。

ストレスが溜まって些細なことでやかましく吠えたりして飼い主にきびしく叱られ、ますます複雑なノイローゼ犬になってしまったりするのだ。

だから、犬は犬の都合で好きなように歩きまわっているのに出会うとついついカメラをむけてしまう。

アルゼンチンのウシュアイアで見かけた犬。見てわかるとおりこの犬の主人はレストランに入って食事などしており、終わって外に出てくるまでこうしてキチンとおすわりして待っているのだ。

犬は人間の五〜六歳の幼児ぐらいの知能がある、といわれているから、ある程度の訓練をするとこのくらいのことはできるらしい。

いや、こうして同じ姿勢でじっと主人を待っているのは五〜六歳の幼児にはできないような気がするから知能はそれ以上、と考えたほうがいいのかもしれない。

アルゼンチンは地球の日本の反対側に位置しているのでなかなか遠く、日本になじみの薄い国のひとつのような気がするが、どこか「さいはて」の気配がして、人々も静かでおとなしく、旅するものには魅力的だ。

ここはナチの戦犯が多数流れてきて行方をくらませた土地としても知られている。ぼくがこの国を歩き回ったのは一九八〇年代のはじめの頃だったが、広い土地を使っての大規模工業などの開発がモーレツな勢いで進んでいてその雇用めあてに沢山の人々が集まってきており、町はこの国はじまって以来にがさついている、と聞いた。

そういう空気をうけとめてか、町はずれなどにいくと犬の集団が集まっていて、なにがどういうわけなのかわからないが、突然集団で走り回る。みんなそれぞれ飼われている犬というが、そういう犬が集まると徒党をなし、野生化していく、ということを知った。ぼくは海ぞいにある小さなホテルに泊まっていたので町まで四キロほど歩くことになり、犬の集団に囲まれたことがあった。放し飼いも場所によりけりなのかもしれない。

チリから陸路トラックに乗ってアルゼンチンへの峠越えをした。アルゼンチンはいたるところ開発、開拓が行われていて、昔の西部劇の舞台のようだ。そこでこんなふうなまじめな犬と出会った。

15　自然のままの強い風景

ペンギンの初泳ぎ。親たちがみんなで教育する。

フォークランドはイギリスとアルゼンチンが戦争をしたところだが、群島というだけあって島だらけだ。そのほとんどが無人島。島の特性によってアホウドリとか軍艦鳥、ゾウアザラシなどがハバをきかせている。

ペンギンだらけの島もあってキングペンギン、ゼンツーペンギン、マジェランペンギン、ロックホッパー（岩とびペンギン）など、それぞれ大きさも住まいも暮らし方もちがっているが人間みたいに戦争なんかしない。

いろんなペンギンを毎日観察していると、彼らは人間が考える以上に賢い鳥たちで、たぶんそれぞれの種族はかなりこみいった会話をしているのではないか、と思えてくる。

キングペンギンという身長一メートルぐらいのペンギンは五百羽ぐらいのコロニー（といってもただの平地）を作ってみんなそこに立ってけたたましく鳴いている。人間には鳴いているだけとしか思えないが、ひときわ激しい声で鳴きあっているのをみていると、これは単なる世間話ではなく、あきらかにペンギン的な感情をむき出しにした大討論をしている、としか思えない状態である。

感心したのは彼らの子育てだ。大体同じ頃に子供が生まれるので成長も同じぐらいのようだ。

ペンギンは基本的に「海の鳥」であるからヨチヨチ歩きだしたらすぐに海に入れて泳ぎを教える。その教え方は集団でやる。一度も海に入ったことがないのだから、まだ水のなかに入ったことがなく、独り立ちというか一羽だちしていないのを面積のある岩の上に集め、まわりを親たちが取り囲む。そうして親たちはガアガアやりながらチビたちをどんどん岩の尖端方向に追い込んでいく。

初体験の子ペンギンたちはまだ何をやらされるのかわかっていないようだ。しかしとにかく背後からの圧力がすごい。このときも親たちはガアガアすごい迫力で何

ペンギンは陸上で生まれそこで育つ。だがしかし海の鳥である。親たちは集団でまだ海に入ったことのない子供らをやはり集団でこのように強制的に海に追い込み、海鳥の教育をしている。

か言っているのにちがいない。
「はやく飛ばんかい」
「にげたらごはんあげないよ」ぐらいは当然言っているだろう。
そうしてついに一羽二羽と観念して飛び込む。小さな写真では見づらいかもしれないが画面のちょうど真ん中あたりに白いのが飛び込んでいるのが見えるでしょう。この時期を狙ってシャチが襲ってくる。感心したのはこのまわりを沢山の親ペンギンが半円状に輪になってシャチの見張りをしていることだった。

ペンギンは会話する。時々ケンカする。でもじきに仲直りする。

キングペンギンは身長一メートルぐらい。フォークランドの無人島に一週間ほどキャンプしているとき、それぞれのペンギンのコロニーに毎日通った。五百羽ほどが平らなところに集まってけたたましいペンギン語で一日中ワアギャア騒いでいる。みんなそれぞれ何か意味のあることを喋っているらしいのだが、ペンギン語がわからないと話の内容もわからない。

でもみんなそれぞれ何か意見を言っているらしい。二羽がむきあって熱心に話しこんでいる状況もあるし数十羽が大討論、もしくは大合唱しているような場合もある。毎日通って見ていると彼らには完全にある程度の規律と集団行動としてのルールがあって、みんなけたたましく鳴いているのも何か意味をもっているらしい、ということがわかる。

夫婦と親子のキズナがちゃんとあって、子育て教育をしている。子供は一羽しか産まない。卵を温めているときから、幼児教育までちゃんとやっている（ように見える）。

夫婦のどちらかが海まで五百メートルぐらい歩いていく。短い足だから片道三十分ぐらいかかる。海岸に出ると大波にむかって飛び込んでいく。海にはいると魚雷を連想させる素晴らしい速さで進んでいき、小魚をかたっぱしから呑み込んでいくが最初は自分のための食事。そのあとは子供とそれを守っている妻のために喉（のど）のところに小魚をためて戻ってくる。寄せ波に乗ってサーフィンのようにあざやかな直立着地フィニッシュで、思わず「9・7」なんて採点ボードを掲げたくなる。海までのヨチヨチ歩きと海の中の魚雷突進の差があまりにも違うのでその見物が楽しみだった。

コロニーに戻ってくると、人間にはみんな同じに見えるのにちゃんと自分の家族のところに戻ってくるのがまた感動ものなのだ。途中で赤ちょうちんなどに寄り道しない。そういう堕落ペンギンはいないのだ。

でもペンギンはときどきケンカする。二羽がむかいあって互いに何か叫びあっている。

感情むきだしの口けんからしい。ときおり互いに叩き合うことがある。でもペンギンのパンチは短い翼を使うしかないから双方あまり効かない。足が短いのでキックもだせない。うっかりそんな攻撃をすると後ろに倒れてしまうからときどき攻撃的に叫ぶ。そういう喧嘩を見ているのは、もうしわけないけどたいへんたのしい。

あるとき、これは絶対三角関係のもつれだな、という喧嘩を見た。最初は三羽でむかいあって口げんかのようなことをしていたがそのうち二羽がおもむろにペンギンパンチで叩きあいをはじめた。

そのとき真ん中にいるたぶん「女?」をめぐるタタカイだな、ということがわかった。

でもやがて和解したらしくこんなふうに握手、ということになった。騒動の核心らしいメスペンギンの安心した態度がいいではないか。

■羽が先ほどからしきりにワーワーガーガーいってもめている。どう見てもけんかをしているようだ。でも最後はこうしてめでたく握手して和解したようだ。

みんな子供たちで運営する。竹富島の夏休み

広くは沖縄。その本島をさらに数百キロ南下したあたりに八重山諸島がひろがっている。

多くはサンゴ礁にかこまれたわりあい平坦（へいたん）な島だが、諸島全体にはたいてい同じ風が吹き、風習、風土、しきたりなどは大きく共通している。

けれど微妙に違う自分たちの島ごとの「キマリ」や「まもりごと」などがあって、そういうものが積み重ねられて島によって微妙に異なる価値観が生まれ、住んでいる人々の気風などに収斂（しゅうれん）されている。

ぼくがそういう日本の南の島々に行きだした頃は、どの島もみんな同じに見えた。話し言葉も、好んで食べるものも「海の神様」を多世代にわたってうやまう気風もほ

とんど同じに思えた。

しかし沖縄諸島に広がるこうした沢山の島々にそれぞれ数日間おちついて滞在してみると、島ごとにいろいろ大きく違うものが見えてきて、その奥の深さに頭がさがる思いになる。

たとえば竹富島のある年の夏休み。午前十時ぐらいのいよいよ〝暑い〟一日が太陽によってはじけだした頃だ。

児童館といった役わりにある明るくて風とおしのいい木造会館の多目的広間では一番太陽の光が強い時間に子供たちが集まってそれぞれ好きなことをしている。でもみんなでひとつのことに集中するカリキュラムもあり、その運営は小学生の高学年や中学生だったりする。例えばこういう「読書会」。就学前の小さな子もいるからこんなふうにみんなで見ることができる大きな絵本を使うことが多いらしい。テレビのアニメーションのチャカチャカした動きとちがって静止した絵がおりなす物語世界へはテレビよりも皆がより集中しているように見える。

物語を読み進めていく年長者は、間違えないように慎重にゆっくり読んでいくから、それによってかえって子供たちが集中しているようで、むかし、街頭で子供たちが楽しみにして集まった「紙芝居」の記憶もチラリとはしり、実にいい風景なのだった。

こういう絵本読み聞かせの運営は年かさの子供たちがみんなで決めていた。場所、建物は大人が与えるが、中身は子供らで、という羨(うらや)ましい自立子供社会を実現させているのだった。この島では海岸の清掃なども子供らが主体になって交代制でやっていた。まだプラスチックをはじめとする海洋浮遊ゴミの問題が叫ばれるはるか以前、二十年ぐらい前のことだった。

そこでフと気になったのはあれから二十年、まだこういう夏休みの読書集会などがおこなわれているのだろうか、という心配だった。近隣の石垣島に住んでいる友人に問い合わせてみたら、読書会についてははっきり知らないけれど、竹富島が全島あげて、島をきれいに保つ運動をずっと続けているのは変わらない、という返事だった。

沖縄にはたくさんの小さな島があるが、竹富島はその中でも独特の文化圏だ。島の人たちがみんなで分担しつつ様々な自治に取り組んでいる。

山のいで湯は熱くてキケンで忙しい

小さな写真のくせにものすごく豪快な、そして奥も深く幅も広いことを感じるのがこういう一枚だ。場所は八月の夏油(げとう)温泉(岩手県)。まだ震災前の風景だ。東北には有名な温泉および湯治場がたくさんあるけれど、夏油温泉ほどその山のいで湯の気配を強烈にしているものはないように思う。つげ義春(よしはる)の世界そのものだ。

車で行った関係で、駐車場から車を降りて最初に早くも第一の温泉に出会う。たくさんの泉質の違う湯があって、それも人気のひとつだが、いちばん最初に出会ったのはとにかく熱いので有名なところだった。ぼくが行ったときは男女全く自由のいわゆる正統的な混浴だった(今は時間ごとの入れ替えになっているらしい)。何もわからず、仲間と二人で入っていくと、男女十人ほどの先客がいた。体をかがめて桶(おけ)で体に湯をかけると、これがまた想像以上に熱いので驚いた。おお、なかなかやるな、と思っていたら、先に入っていた客の四人ほどが四十代ぐらいの女性で、中の一人がぼくのことを知っていて「きゃあ、シーナさんだ」と大きな声で言った。そうして四人はそのままずんずんお湯から上がっていってしまったのだった。なんとまあつまらない展開だろう。あとは三、四人の中高年の常連客らしいおじさんがその顛末をやや茫然として見ている。

　そのときもう一種類の混浴に気がついた。大きなアブがたくさん飛び交っているのだ。あわてて湯船に沈まないとぼんやりしている体はたちまち餌食になってしまう。そんなこんなで熱いのに唸っている間もなく、ずぼんと湯の中に入ってしまった。

　少しずつ落ち着いてくるとすぐ近くを流れる谷川の音や、山を覆うセミの声などがかまびすしい。不思議なことにお湯から出ている顔にはアブはやたらと突撃はしてこないようだった。顔を刺されるのは嫌だからアブのほうもそこを攻めるとキケンだということを知っているようでおかしかった。

　しばらくすると、さっき「きゃあ」と言って脱衣所のほうに逃げて行ったご婦人方がパンツとブラジャーをつけて、くねくねしながら戻ってきた。その格好で湯船に入るわけではなく、ぼくを確かめに来たらしいと彼女らの質問でわかった。それにしても不思議なものだ。人間の心理なのだろうけれど、全裸もしくはタオル一枚なとよりもパンツとブラジャーなどで体の基本を隠していると、もうさっきほど恥ずかしくはないらしい。

でもこちらから見ると外側の衣服を一枚脱いだあられもない肢体がむき出しだから、彼女らがさっきよりもずっと堂々としているだけに、かえって目のやり場に困るのだった。

「湯治場めぐりですか」「いつも読んでいます」などという質問が頭の上から来る。「はいそうです」などと答えている空間を、また人数が増えたからなのかアブが数を増してきて元気よく飛び交いはじめ、とにかくなかなか風呂に全身を委ねて落ち着くことができない忙しい湯だというのが、そのときの印象だった。

帰りがけ、湯治客が滞在している道を行くとき、こういうところでゆっくりしたいなあと思った。

つげ義春の物語に出てくるような湯治場があった。スケールが大きく、百人ぐらいの長期の湯治客がいた。

身長70メートルの涅槃仏に圧倒された

たぶん世界中でそうなっているんだろうと思うけれど、その国に（正式に）訪ねてきた外国人はたいていその国で一番（あるいはその時期に）うやまわれている神仏関係の神像とか仏像にいやでも「ご案内」されるんだとおもう。

とくに友好的な事情のうえで招聘（しょうへい）された場合などは否応なしに、そういうありがたきものとの謁見、などというスケジュールをくまれる。さからうと、そのあとのあんばいに微妙に影響してくるから、ぼくは個人的に来訪した旅などというときにはいささか逡巡する。

でも、どこか特別にリクエストしたその国のシークレットエリアへの潜入のためには、ドコソコの神仏を拝顔しなければ、などという事態に追い込まれることがよくある。

それがどういうところか、その象徴となるものを写真に撮れれば、ひとつの貴重な取材の一環になるのだが、往々にして「写真撮影は簡単にはいかない」。そのためにはこれから市内に戻ってアレとコレとソレの、審議、審査、許可アレコレなどということになり、事態はどんどん遠のき大変なことになる。

早い話が鎌倉の大仏をみたい、と言ってきた外国人に、わが国が生まれた国とか家族とかドーデモいいことをいろいろ言うようなものだ。

で、話はこのミャンマーの涅槃仏(ねはんぶつ)だ。

これは政府の規制アレコレとは関係なく、調子のいいガイドが「これは見なくては」というような具合で真先に案内してくれた。

涅槃仏。日本にはなじみがないのではじめて見た。ものすごくでっかい。涅槃だから横たわっているのだが、身長七〇メートルぐらい。もっとあったかなあ。ものぐさなぼくはそのときガイドに正確な長さを聞くのをわすれてました。

そのデカさもさることながらぼくはその顔になんだかまいった。屋内にいるから風雪に汚れてないそれはどこの男女よりも真っ白な顔でその目鼻だちが、ただひたすら巨大なのでしずかにたおやかに迫力をもって美しい。こういってはナンだけれど男なのか女なのか区別がつかない。いや男女のどちらにもみえるのですよ。

「ああ、そうなのか」

そのときぼくは思いましたよ。

あるとき神仏のことについて真剣に考えていた頃（受験期でしたな）神仏の性別について思考をめぐらせていた。

そのときインドの神とか古代チベットの神々などについての本を読んでも結局わからないままの煩悶で終わってしまった。今、この涅槃仏をまのあたりにして、その頃のひとつの回答を得た気になったのです。男女混合こそサトリの道。

身長70メートルの涅槃仏。この強烈な顔は10メートルぐらいの長さとそれにつり合うような幅をもって、なんとも威圧的な色気を放つ謎のホトケサマだ。

開き直った浮浪生活。嵐で逞しくなるカンボジア

地球温暖化も南極の氷が巨大スケールで剥がれたり、北極圏の氷河が急速に後退している、などというニュースを見ているかぎりではさしたる危機感をもたなかった日本。世界で一番気象環境に恵まれていたから隔靴掻痒のところがあったが、最近の台風やとてつもない大雨などによってこれまでなかったところの大雨被害、河川氾濫の連続に、いよいよ地球温暖化現象を対岸の火事的なのんびり見物とはいかなくなってきたようだ。

これまで、恵まれた日本のひとつの好例とされた沢山の河川（約三万本もある）の治水を放棄してきたことによって思いがけないところが思いがけないかたちで暴れ川となり決壊破損した。このままでいくと、これからは毎年どこが同じような被災

地になるかわからなくなってきた。

これも林業が破綻し、山が売られその山野深くまで宅地造成が無計画にどんどん進められたこと。これまで平野部のおだやかで安泰な部分が一夜のうちに泥濘地帯と化してしまったのもその土地のつい最近までの状態が使いものにならない湿地だったり中途半端な干拓の地盤に塗り物でもするように土砂を被せて宅地造成している、などということもいろいろあきらかになったりしている。

いきおい近くを流れる河川の堰堤工事などもおざなりになってしまうのだろうか。ちょっと見ばえが整っていたりするとリバーサイドビレッジなどという耳触りのいい売り文句に騙される人が出てくる、という構造になっていったのだろう。

タワーマンションなども川や海などの水べりに建てられるケースが多い。年月を経てどの程度の地盤に建てられているのか、などということが地球温暖化でどのような破損攻撃にさらされるのか、などということで崩壊してあきらかになる、などという予測のつかない時代に入っていくのかもしれない。

カンボジアにトンレサップという巨大な泥水の湖がある。美しい湖とは違うので観光地にはなりえずあまり知られていないが、ここにくると自然のままにいることの強さ、のようなものを感じてくる。

　この湖はメコン川の自然の流量調節湖になっているから上流からの水量によって雨期と乾期には水深が六メートルほども変化する。

　同時に水は定期的に周辺にひろがったり縮小していったりしてどの状態が本当のここの広さなのかわからない。

　日本にでているカンボジアの紹介文にはよく琵琶湖の十倍とか三十倍などと書かれている。行政も手のほどこしようがなく、実質的に放置しているので、ここには土地を所有しない約二十五万人の人々が小舟やフロートの上に家を建てて文字どおりあちこち流れる浮浪生活をしている。水上雑貨屋もあるし学校、病院などもある。湖というより浅い沼だが生物相は豊かでここに住む人々は自分らで工夫していろいろな水産業をやっている。

　ときおり短期間の嵐などがやってくると脆弱な家船などすぐ崩壊してしまうけれど、そのたびに、その崩壊のときに学んだ強い住処づくりの研究が進み、ひと嵐ご

とにここに住む人々の生活は逞しくなっていくのだという。嵐の時に散らばった木材や竹や木の皮片を集めて、そして前よりも頑丈なつくりにする。攻撃されるとかえって強くなるカンボジアの人々の底力を見る。

アジアで最大の規模であるトンレサップは、メコン川の自然のダムの働きをしている。だからその年によって琵琶湖の50倍ぐらいに膨らみ、その周りにいる人や動物、植物に影響を与えている。

マイナス45度のシベリアの原野を行く

六〇年代に冬のシベリアを横断した。二カ月ぐらいかけた旅だった。まだフリースもダウンの素材もなかった劣悪な防寒着と防寒用具で零下四五度ぐらいの原野を必死に移動していたのだ。

その頃、北半球でいちばんの寒さを記録したのは北東シベリアのオイミャコン郡、ウスチネラの零下六二度だった。

南半球では南極の零下七四度が記録だったが、それは南極観測隊が測定した参考記録だった。十年ほど前にアラスカ、カナダ、ロシアの北極圏に行ったが、海に面した北極はそんなに気温は殺人的に下がらず最低零下四〇度ぐらいだった。

この写真を撮ったところはヤクート（今のサハ）のレナ川の上で、男たちはこのあたりの輸送業者だ。

レナ川はバイカル湖あたりから北極海にそそぐ長さ四千キロの大河だが当然頑強に凍結していて、その上に雪が積もり、さらに氷結、ということを繰り返していたから、全面的に凍結した廣野しかない風景だった。

驚いたのはこの長く大きな川には橋というものがただのひとつもない、ということだった。

理由は簡単で、こういう極限の川そのものにも両岸にも氷が溶けるる季節がくる。そのときものすごい重量と数の氷塊が流れていく。川など橋桁ごとたちまち粉砕され流されていってしまうから作っても無駄なのだった。

だからこのあたりに住む人々からすると極寒のほうが川を渡りやすい。もっとも対岸に渡っても狩猟ぐらいの用しかないけれど。

ここで仕事をしている男たちは動物の皮製の服を何枚か重ね着していて、いちばん外側は熊の厚い毛皮だった。足はフェルトの幅広帯を何枚か巻いているだけで、それが靴下より暖かいと言っていた。

空気を吸うのも、戸外に出て無防備にいきなり肺いっぱいに呼吸してはいけない、と言われた。肺の細胞がその温度差にすぐには対応できないからだという。

ユルタ（皮製のテント）から出るときは用心して少しずつ息を吸っても咳が続けざまに出て頭がクラクラした。あまりにも激しい温度差に肺が適応するまで咳で調整しているらしい。

吐く息は顔の表面を這って上にあがっていく。水分を含んだその息は髭、鼻毛、睫毛、帽子から出ている髪の毛などに付着し、ほぼ三十秒で凍結する。上下の睫毛に氷が付着すると視界の輪郭が付着氷によって白くぼんやりとりかこまれ、むかしの映画の夢の場面のようになるのだった。数分間続く咳とその夢のような光景によって最初の頃、自分は早くも凍死したのではないか、とさえ思ったものだ。でもむきだしになった顔の表面を極低温が華道に使う剣山の連続叩きに似た攻撃をしてくるので

まだ生きていることをわからせてくれる。
　そういうことも一カ月ほど続けばすっかり慣れてしまうから、人間の底力は凄い、と感心している日々だった。あの状況はレナ川に行けば今でも変わらないだろうと思う。

レナ川という東シベリアの大河は冬になると全面氷結し、川原も川も区別がつかなくなる。しかし橋がないから対岸に渡るのはこの季節が最適なのだ。

北極圏には「国境」という概念がない

ある年、カナダ、アラスカ、ロシアの北極圏に行った。それぞれ違うことの取材仕事だったが北極圏というのは南極と違って沢山の国の北のはずれ、地球儀を北を上にむけて目の前にするとその感覚がわかる筈だが、北極圏を構成する国々が細長く国土を延ばしててっぺんにより集まっている構造になる。

国境――という概念が変わってくる。いろんな国々がアタマをつきあわせていて、実際に連続してそれらの国々を旅してみると、隣の国の北極圏に行くのにわざわざその国の国際空港に行って、少し角度を変えてその隣の国の北極圏に行くことの「国境」という煩わしさに改めて気がついてくる。

現に北極圏の国々のネイティブ（エスキモーとかイヌイット）と呼ばれる人々は、

昔から国境など関係なしにそれぞれ行き来していたのだろうな、ということに気がついてくる。

たとえばアザラシやセイウチ、トド、クジラなどを捕獲する猟の道具などは北極圏の人々によって国境など関係なしに伝えあっていたのだな、ということが見えてくる。

それを捕らえたあとの「まつり」やそれに付随する音楽や踊りなども国境を越えてみんな基本的に同じだ。鉄砲がなかった時代の猟の仕方にも国境は関係ない。

北極圏各国を行き来するのにも海で水路がつながっている北極海をカヌーで難なく行き来できてしまうし、北極海を氷が張り詰めてしまう季節には犬ゾリが行き来する。北極圏に生きる人々には国境という概念やそれを維持する意味をなかなか理解できない筈だ。

北極圏を旅していた頃、現代人はなんという面倒くさい「仕組み」を自分たちでつくりそこに自分たちをあてはめ、さらにますます面倒くさくしている人間なのだろう、とつくづく思った。

ある年、アラスカ、カナダ、ロシアの三つの北極圏に行った。短い期間だったがそれぞれの国を体験して思ったのは、文化や生活感覚が共通しているということだった。もちろん食べ物も結局みんな生食だ。

犬ゾリをユピック（ロシアのエスキモー）から習っていた。凍った海氷の上をこのソリで滑っていけば北極圏の頂点の部分を各国づたいにひとまわりすることも可能だ。彼らは犬の餌にアザラシやシロクマを捕り、海からはタタミ一帖ほどもある巨大なオヒョウを釣り上げる。

餌のあるかぎり犬たちは走りたくてしょうがない動物だからガス切れで進むことができない、ということにはならない。

犬ゾリを操ることを習いはじめたころ、ユピックのイゴリーさんは、「これらの中にはまだ若くて経験の浅い犬がいて、それらは走りながらクソをすることがまだできない。そういうときは自分から横になって首輪で首つり状態になりながらクソをする。終わるとまた元気に走り出す。三分から五分ぐらい息ができなくても彼らは平気なんだ。それはどこのエスキモー犬でも同じだよ」と言った。

アラスカに行って凍った川を犬ゾリで進んでいくときもその土地のイヌイットに同じことを聞いた強い犬！　何もかもつながっているんだな、と感心したものだ。

旅先で出会う不思議たち

宇宙ロケット発射並みに緊張するマイナス55度の小便

連日マイナス四五度ぐらいにはなるシベリアのタイガに分け入っていくと気温はどんどんさがり、マイナス五五度になっているのを体験した。馬の全身の毛に付着する汗が凍り、黒毛の馬もしばらく走ると全身に付着した汗が凍り、白馬に変身してしまう。

タイガに入っていった人間も上下ともいろいろ重ね着し、一番外側は熊の厚い毛皮で防護する。その恰好（かっこう）で馬に乗ったりソリに乗って奥地に入っていくのだ。

タイガのなかで長い滞在になると困るのは大小便のタイミングだ。常温地帯では小便なんて何の問題もないが、こういう極寒地では上下に沢山の防寒服を着ているから、まずその小便をする態勢になるまで一苦労なのだ。下半身だけでもパンツからいわゆるロシアモモヒキ二枚。その上にラクダのモモヒキを穿き、一番外側に熊の毛皮のズボンを穿く。

上下とも日頃の服装の七〜八倍のいわゆる「着膨れ」状態になっているのだ。馬や馬ソリから降りるのだって一苦労だ。

もっと大変なのが小便をするときまでの態勢づくり。上着の熊の外套によって腹回りが膨らんでいるから自分のモノを見定めてそれを外に出ているのを確認することができない。そもそも七枚ぐらいのズボンの奥のほうに「あいつ」は震えてちぢこまっている。トンネルの奥から小便を発射するのはむずかしい。正しくトンネルの奥から外側に発射角度が向いているかわからないのだ。それでなくても我慢に我慢を重ねてやっとその態勢になっているから一刻も早く放出したいが、もし発射角度が少しでもズレていたらズボン内に小便が溜まってしまう。やがて股間部凍傷だ。ＮＡＳＡの宇宙ロケット発射ぐらいの緊張感がみなぎるのである。

毛皮の重ね着によって相撲取りみたいにでっぱっている腹の下方からおのれの小便が見事な放物線を描いて発射されたときのヨロコビといったらない。よくやった！　と自分の小便に拍手したい気分だが出口を両手であけて絶対寸断されないように広げているからその手を緩めるわけにはいかない。発射完了まで本当に宇宙ロケットと同じくらい気をゆるめるわけにはいかないのだ。

シベリアの極寒地に入っていくときに頭に描いていた「もしや？」の若干の思いがあった。それは「逆ツララ」ができないか、という苦難のなかの少々の期待だった。すなわち放出された小便が途中でどんどん凍っていって地表から曲線を描いた小便の逆ツララができないだろうか、という期待である。ロシア人に聞いたら「それはない」という返事だった。ただしマイナス七〇度以下になったとき「小便の王様」ができる、という。

ん？　落下していった小便が氷に跳ね返る場合がある。その跳ね返った小便が丸い王冠のように空中で「ピッ」と静止してしまうことがあるという。王様の冠のようにだ。

北極圏よりもシベリアのほうが寒いということを体感した。シベリアでは約2カ月にわたってあちこち移動したが、ネイティブもあまり住んでいない広大な土地だった。海に面している北極圏よりも、シベリアのほうが強烈な寒気に覆われる。旅をすると、その分厳しい日々になる。

山本皓一氏撮影。右側、著者

氷河探索の途中で見た「貸しアイゼン屋」

一番前に迫り出してきている五百メートルぐらいの垂直の氷の壁が崩れてくる。氷のタワーマンションが崩壊してくる、と言ったらわかりやすいだろうか。倒れるのではなく途中から崩れ落ちる、という状態だった。ものすごい音のあとに津波が五百メートルぐらい離れた我々の乗っている軍艦まで押し寄せてくる。鉄の大きな船が揺さぶられるのはいささか身のすくむ気分だった。

二回、その海峡を行ったが、小さな客船などでは天候を注意しないといけないだろう。

またもう一度行きたい、と思ったがそのときは天候状態が悪くて行けたのは、このモレノ氷河までだった。ここには簡単にいける。氷河の直前まで舗装道路ができていて海側のほうにある駐車場から眼前に小さな氷河崩壊の様子が通年見られるのだ。

地球温暖化のキャンペーン映像などをテレビでよく見るが、あれはこの駐車場から撮ったものだと思う。

そこから少し山側をいくとこの写真のようなモレノ氷河を少しさかのぼったところに出る。

いくつかの氷河の上を歩いたが氷河の上はとんでもなくデコボコでおまけに汚い。吹きつけてくる地球のゴミが付着しているからだ。この写真は「貸しアイゼン屋」をやっている人だ。

すぐ背後まで道路がきているので、見物に来た観光客が「ついでに」とばかり氷河の上を歩いてみようとするわけだ。

でもこれはとても危険だ。氷河の上は決して平坦ではなくいくつもの大小の傾斜によって組みあわさっている。大きなものだと見てわかるが、いろんなクレバスがあって二～三十センチの雪をかぶったクレバスなどに片足を踏み込むと、誰か仲

前章の北極圏から一転してここは冬季の南米。アンデス山脈沿いに南極方向に下っていくとひたすら氷の山を行く旅になる。大小の氷河がいくつもあるので簡単には入っていくことはできない。

間がいないと簡単には引き抜けなくなる。
　ぼくは氷河の大きなクレバスにもぐり込んで見る、という映像の仕事で行ったのでザイルで体を確保してアイスアックスを携え降りていったがその日、クレバスの中の氷は柔らかくて手がかりにはやわで、脱出するのにいささか焦った。

温暖化の北極圏に最後まで残った氷山

オーストラリアの内陸部を縦断したことがあるが干ばつになると大気の温度は簡単に五〇度を超えてしまう。キャンプのための焚き火をやって移動していたがマッチ一本で焚き火ができてしまう。その乾燥度合いは苦痛でいままで旅をした土地では一番きつかった。

北極圏や南極圏にも行ったが寒さは厚着をしてクルマや船室にいれば耐えられる。しかしいまは地球温暖化でこの両極エリアの氷が溶け続けていて、そのため結氷エリアがどんどん後退している。十年前よりもっと前からこの温暖化による地殻の変化がおき、勢いを増して続いているようだ。すなわち南極は氷河を中心にしてどんどんその面積を後退させ、北極圏では氷盤の厚さが減り、大陸を覆う氷が消えていくスピードが早くなっているらしい。

北極圏にはある年、アラスカ、カナダ、ロシアと三つのエリアに行ったが、どこも氷の後退が断然早くなっている、とエスキモー（イヌイット）が言っていた。

この写真はカナダのポンドインレットに行ったときのものだ。到着したとき海峡はびっしり氷が張りつめていたが、三週間もすると氷盤に亀裂がたくさん入り、そこからどんどん氷がこまかく割れて、海流に乗ってひと晩でそういう浮氷は殆ど沖に遠ざかってしまい、その極端な変わりようにびっくりした。

海峡には忘れ物をしたようにでっかい氷山がいくつか残っている。この帽子のような恰好をした氷山は海面から出ているひさしに見えるところが高さ七十メートルほど。帽子の部分は高さ二百メートルほどある。、しかし氷山の一角、とよく言うようにこれら海上に出ているのは全体の一〇パーセントという。つまりこの下には数百メートルの巨大な氷のカタマリがあるのだ。

帽子のヒサシのようになっているところが地上三階ぐらいの高さで、アイゼンをつければ登っていける。氷盤が消えたのでボートでもっと岬の先のほうにむかう途

この氷山は安定しているように見える。帽子のつばのようになったところでビルの3階ぐらいの高さだから、全体では10階建ての巨大ビルぐらいのスケールになる。この下に約9倍の巨大な氷の塊がある。

中だった。

天候が変わりやすいのでいままで氷で押さえられていた海が荒れると船の上で寝なければならなくなるかもしれない、とイヌイットに言われた。氷が無くなったぶん荒波がやってくるというのだ。北極の温暖化もいろんな状況変化を及ぼしている。ビバークとなったら氷山の上で寝たい、と言ったら、ああいうものは一晩のうちにクルリと引っ繰り返ることがあるけれどそれでもいいか、と驚かされた。

北極圏のキャンプ料理は1メートル級のイワナと無発酵パン

北極圏の七月～八月はツンドラも緩み、海の浮氷も、氷山も北極の海に流れていって、厳寒地で過ごしているイヌイット（エスキモー）にとって一年で一番気持ちのうきたつ季節になる。

地表を覆っていた氷は殆ど消え、大地からは緑の草が生えてくる。草といっても丈の長いコケといったほうが正確だが、冬のあいだ氷や雪をヒズメで蹴って凍っているそれらを食べていたトナカイやカリブー、ジャコウ牛などが群れをなしてそれらの苔を一日中食べている。

人間たちも陽気な顔をしてツンドラを流れてくる氷の塊をいっぱい含んだ急流をモーターボートで北上していく。彼らの一番の目標は群れをつくって移動していくカリブーを撃ちとってくることだ。カリブーは三十頭から百頭ぐらいの群れをつくって氷のない緑の大地を移動していく。子育てのために沢山の栄養を補給しなければならないときなのだ。人間はその群を追っていく。

大体二〜三日かかるから途中の流れ込みでキャンプする。下流からぶっ飛ばしてきたボートを下りるとたちまちもの凄い蚊の群れに攻撃される。以前、シベリアやアラスカでも体験したが、この蚊の緻密な群れのなかでテントなしで泊まったとしたら頭と神経がおかしくなるだろう。

さいわいそういうモーレツ蚊の情報は事前に聞いていたので蚊のはいらないテントを持っていった。入り口に網のついた防護がなされている。

それでもテントの中に入るときにどうしても百匹ぐらいの蚊は入り込んでくるので、ファスナーを閉めていったんその蚊をイケドリにして、テントのなかで殺していくことになる。素手で叩くと、早くもどこかを刺されているらしく手のヒラが自分の血（たぶん）で真っ赤になる。これが夏の北極の最初の洗礼。その意味では冬のテント泊のほうが精神的に楽なように思うがマイナス四〇度などというところでのテント生活はカラダのダメージがひどく、嵐などがやってくるとよほど深い穴を掘ってそこにテントを張らないとテントが飛ばされ下手をするととんでもないことになる。

食い物は断然夏のほうが豊かでおいしい。カリブーなどを仕留めるとそいつのステーキにありつける。カリブー肉を焼いたのはとんでもなくうまい。

それから小川の流れ込みのようなところでキャンプを張るとエスキモーは細紐に餌をつけてあっという間に一メートルぐらいのイワナを何本もつり上げてしまう。その中には日本では幻の北の魚イトウなどもいたようだ。主食は夏でも冬でも「無発酵パン」(この写真)を焼いて食べる。焼き立てはカリカリしてしみじみ旨い。

カナダの北極圏で地元民のイヌイットの狩猟キャンプに同行した。すぐにジャコウウシに出会ったが、これはいささか大きすぎる。狙いはカリブーだった。抜かりなく一頭仕留めて、それをすぐに生肉のまま食べる。

春が進むとあらわれるシベリアの川の不思議な風景

ロシアのイルクーツクはシベリアのパリと言われている。真冬にはマイナス五〇度ぐらいになるし、樹間は全部雪と氷に閉ざされてしまう。古い建物はツンドラに打ち込んだ土台が夏には溶けて傾いているし、気のきいた商店なども殆どないが、それでもたおやかに人も建物もみんな美しい。

街の真ん中にアンガラ川が流れている。マイナス二〇度ぐらいだと氷がはっていないからシベリアではめずらしく川の流れが見える。

そういうところが美しい街と言われる所以(ゆえん)のようだ。

岸辺のところどころが公園になっていて、春めいてくると恋人たちが散策できるようになる。ところどころにあるベンチはちょっと厚めの布で拭くと座れるようになり空気はマイナス一〇度ぐらいだからそういうところに座って愛を語ることもできる。

マイナス一〇度というと日本人はそういうところで話をするのなんてとてもできないだろうが、寒さに適応しているのかシベリアっ子はまるで平気なのである。

春が進むとアンガラ川に不思議な風景があらわれる。

川のあるところからかなり濃い猛烈な湯気がわきあがり、それが川面をどんどん覆っていくのだ。

温泉のようだが川の水はあちこちすべて冷たい。この優艶（ゆうえん）な光景は少し上流にダムができてからおきるようになったという。ダムによって一部の川の水を一定期間せきとめておくと温度が二〜三度上昇し、ずっと流れの続いている川に戻ると川のマイナス二〜三度よりも最大五度も温度差がでる。それがこの温泉のような湯気のようになるのだ。

湯気の白煙はかなり激しくわきあがり、それらはある程度川面を進むと温度差がなくなり、再び普通の川の流れのようになっていく。だからこの川煙は一定のところでずっと湧き上がっているのでちょうど温泉のようになって夜になるまで続くのである。

川原で見ていると白煙は激しく踊りながら同じところをわきあがっているので見ているだけで飽きない。

小舟でこの中に入っていくこともできる。あたりは白い湯気に包まれ視界は殆どなくなるから何隻かで同時に突入すると衝突の危険がある。

ここらに住んでいる若者たちがそういうことをやっていた。衝突してひっくりかえるのは本人たちの責任だから誰にも注意などされず、見物人はかえって濃厚霧のなかで衝突するのを楽しみにしているようでもある。

小舟から落ちてもマイナス二度ぐらいの温度の川なら極北の子供たちにはさしたるダメージではなく、様子の見えない白煙のなかで大騒ぎしているのがかえって面白そうで、これはシベリアでもこのあたりだけで楽しめるウインタースポーツになっているようでもある。

川面から延々と湧き上がる不思議な白煙。しかし煙ではなく、これは水蒸気が作った動く雲である。この少し上流にダムができてから水温が2～3度温かくなりダムから放出される少し温かい水がこうして水蒸気の煙になるのだ。

崩落するマゼラン海峡の氷塔

地球の温暖化は確実に進んでいる。南極では大陸を構成している巨大な氷山が大きな切れ目によって次々に離れているというし、南米から南極にむけて延びているアンデス山脈のいたるところにある氷河の先端部分が次々に落下していく光景を頻繁に見る。

プンタアナレスというチリ最南端の港を出ていくとマゼラン海峡、ビーグル水道、とマゼランの航海記やダーウィンの航海記でよく知られている海峡をひたすら南下していくルートに入る。港を出て一晩寝ると、そういう氷河がいくつも地球的圧力をもって海に突き出し、氷河の先端部分が海に落ちてくる光景が連続する。

氷河の先端が海に突き出してくるところは開口部と呼ばれている。それが現れてくる前に写真にあるような氷床が現れてきてこれは大きくても高さ百メートルぐらいだ。乱杭歯（らんぐいば）のようになってがしがし海にむかって押し出されてきて、崩落していく。この程度の規模でもかなり激しい音が重奏し、海峡は戦場のような音に満ちていく。

こういうものが現れてくるとその先にアンデス山脈の谷間を埋めるV字型の白い切断面が見えてきて、それが背後に長い文字どおり氷の川を従えた氷河の先頭部分である。

これこそ背後から地球的圧力でぐいぐい押され、マゼラン海峡やビーグル水道に落下していく氷の滝といっていいものだ。

氷の滝なので水の流れはまったく見えない。あくまでも氷による切り立った崖なのだ。フランス氷河、ボーペ氷河といった、有名氷河のそれぞれ長大な氷の流れの終点なのだ。

一番大きなのはイタリア氷河だ。アンデス山脈のいくつもの山と山のあいだを切り裂いてじわじわ海にむかって進んできた氷の川の先端は千五百メートルの高さがあった。そのまま垂直に千五百メートルの氷の滝とはならず、だいたい五百メートルずつ三段になっている。だから海に氷を落とすのは一番前の第一段の五百メートルだ。この氷が五百メートルの高さのまま倒れてきたとしたらどういうことになるのだろう、とぼくは固唾(かたず)を飲む思いで軍艦の艦橋から見ていた。ぼくの乗っていた船は大砲一門を前甲板に据えたチリ海軍の砲艦だった。高さ五百メートルの氷のビルが崩落してくる瞬間はさすがに恐ろしかった。これだけのスケールになると津波がおきるらしい。けれどチビなりに軍艦であるから、そういう横波をくらってゆさぶられても転覆ということはない。

水兵たちのおちついた仕事ぶりを見ていたから安心していたが、ひとつの氷塔が落ちてくるとそれに連動して左右の氷塔が次々に落ちてくる。その連動した動きの迫力はすさまじいものだった。目前の臨場感がすさまじいだけにハリウッドのパニック映画だってとてもかなわない。けれどその迫力分だけ確実に地球の水は海に帰っていくのだなと思った。

マゼラン海峡をどんどん南下していくと、大小さまざまな氷山に出会う。この写真の氷山は小さいほうだが、それでも30階建てのビルぐらいのスケールだ。

大きなハサミを振り上げ籠から逃げ出した

世界のいろんな飛行機に乗ってきたけれど面白いのはなんといっても東南アジア各国を行き来するローカル路線だ。

客を乗せる航空機の会社も、搭乗者も、それらを管理する空港の人々もみんな自然のままで気取っていない。

インドの南のほうなどでは中年の親父が腰巻きに上半身ハダカで堂々とのりこんでくるし、生きている鶏三羽の脚を縄で縛ってサカサにしてぶらさげて乗り込んでくるサリー姿のおばさんなどもいる。

鶏は飛行機のなかに入ってなにか異常を感じたのかキャアケキャアケと騒がしい。こんな鶏オバサンが隣の席にきたらいやだなあ、と用心していたら座席指定の飛行機ではなかったのでぼくの座っている席をとおりすぎてもう少し冷えた空気の場所を探して前のほうにいったようだった。もしかしたら鶏のための席を探していたのかもしれない。

パプアニューギニアでは笹竹で作ってある大きな籠をふたつ持って乗り込んできたおっさんがいた。籠のなかになにかの生き物がいてガサゴゾ動いている。正体がわからないうちは不安に思った。もしかしたら蛇か、と思ったのだ。蛇はいろんな種類のものが市場で売られているし、このあたりで好物とされている猛毒蛇もあり得るからだ。

そのおっさんはぼくの座っている席と同じ横並びの三席ほど先に座った。

正体がわかるまでは油断できないぞ、と思っていたがおっさんの隣に座っている現地の人らしきおばさんは平気な顔をしている。現地の人の安穏とした対応はあまりあてにならないが、とりあえず凶悪な蛇だったら機内までもちこめないだろう、とまあとりあえず安心して読書の続きに入ったが、そのうちに問題のおっさんの周辺で騒ぎがおきた。

やっぱりか！　ぼくは浮足だつ。笹籠が倒れたかなにかで破られたらしい、ということがわかった。問題のものが脱出したらしい。

しばらくしてその正体がわかった。

カニであった。大きなハサミを振り上げたガザミ系のでっかいやつだ。何匹も逃げたようだった。

毒はなにもないが、それだけ大きくなると振り上げたハサミは十分凶器になる。しばらくそいつの捕り物で周辺が騒々しくなった。

最終的には近くにいた現地人らしき人がつかまえ、カニ屋さんのもとに戻され、安泰飛行ということになったが、あれで誰かの指先などハサミで挟んだりしたら持ち主のおっさんともども航空警察にタイホされるのだろうか。

ハイジャッカーとしてタイホされたカニはどうなるのだろうか。犯罪的犯行動機はないと推察されるだろうから、やがて釈放だ。釈放先は海だろうが、そこまで面倒なことはしないだろう。ほかのカニともどもゆでて食ってしまう、ということも十分考えられるだろうと思った。

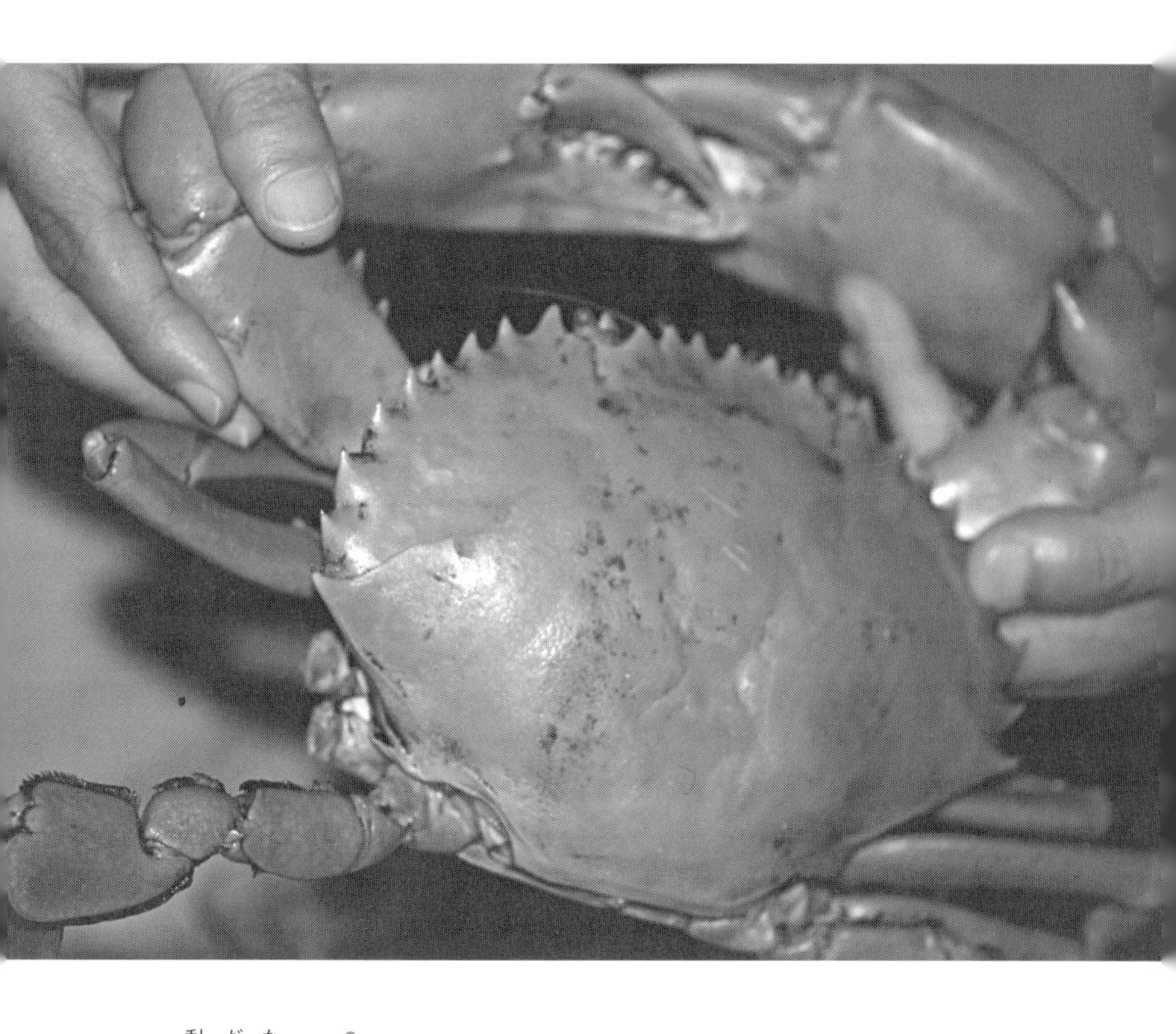

パプアニューギニアで出会った珍事。島の人が大雑把な網かごに大きなカニを数匹入れて飛行機に乗り込んだら、それが逃げ出してハイジャック騒動になった。

「男根威嚇の風習」怖れながらも納得

ニューギニアやインドシナ半島の街道をいくと村はずれ、というかむしろ村の入り口、出口（その逆でもいいわけだが）にこんなふうなやや威嚇気味の仮面がくくりつけてあり、下のほうには憤怒の陽物がいきりたっているのをよく見る。表情や大きさはまちまちだが、この「怒れる男」がその村の門番の役割を果している、ということがよくわかる。部族同士のタタカイがくりかえし行われてきた名残だろう。

強さを陽物（チンポコ）で表現する、というのがわかりやすく、面白い。ときどきこのモニュメントが朽ちていたり道端に倒れていたりするのを見ると、かつてあったいさかいに敗れた村にこれから入っていくのかもしれない、と緊張したり用心したりするが、たいていは時代をへて、それらがかつてのような役割を果してはいない、ということがわかってくる。

日本にも男根威嚇の風習がまだそこここにあるようだ。ぼくが見たのは東北で、雪の季節をむかえ束ねた藁で作った身の丈五メートルぐらいの怒れる藁人形だった。この場合は、これから迎える厳しい冬将軍に、さあこい！　と身構えているようでなかなかヒューマンな味があり、三メートルぐらいの藁の男根がなかなかカッコよかった。こういう風習は廃れさせないでほしいと思った。

いつだか西日本の山道をバスで移動しているときに分岐点に直径六、七メートルはありそうな大きなミカンがどでんと居すわっているのを見て、ああそうかここらからミカンの里に入っていくのだな、ということがよくわかったけれど、通りすぎてしばらく考えていたのは「だから何だというのだ」というちょっとうすら寂しい感覚だった。

おそらくプラスチック製だろう。とにかくやたらでかいだけのミカンが山の道の分岐点にあってだからなんなんだ、という疑問にも至らない脱力感のようなものがあった。

ニューギニアやインドシナ半島のモニュメントの底にある「威嚇」もないし「誇り」もとくに感じない。門番のほうは木造のデクではあったけれど村はずれのそれらには「威厳」のようなものさえ感じたのだった。

しかしやたらでっかいミカンはひと目見ただけで「ああ、そうか」で終わってしまう。ああいうのはそれなりの組織が会議など重ねて、形にしたのだろうけれど、かなりの予算もかけている筈である。

それに通底するむなしさを感じるのはいま日本中でつくられている「ゆるきゃら」という面妖（めんよう）なる幼稚物体である。あれらの多くから感じるむなしさは行政が予算をだし、得意になって音頭をとってこしらえていることだ。日本よりも国民の個人の意見に「力」のあるヨーロッパの国の人がいま日本全国ではしゃいでつくられているあれらを見て「ここはマンガの国なのか」と思うことだろう。身の丈五メートルの怒れる藁人形のほうがはるかに威厳と風格があったと思うのだけれど。

途上国の出入り口の道路際にはこうした威嚇的な造形物をよく見かける。その集落に入っていくとき、今でもいささか気持ちが引き締まる。

「太陽を食べる歯」を持っている仏さま

　チベットには沢山の寺（チベットではゴンパという）がありそこにはいろいろな仏さまが奉られている。

　巡礼は、たとえば中心地ラサから彼らの聖山カイラスまで約千二百キロの道のりを基本的には歩いていく。人によって、巡礼者の体力によってその期間はさまざまだ。一生に一度の機会を得て、ようやくそこまで行ける路銀を得ても過齢や旅の途中で体調を悪くし、動けなくなってしまう人もたくさんいる。故郷に戻ることもままならず、どんどん体調を落としていって途中で果ててしまう巡礼者もいる。

　健康な人はもっとも過激な五体投地拝礼という世界でいちばん過激な巡礼方法で進んでいく。

まず大きく背をのばし頭の上に両手をあわせ、そのまま全身を大地に打ち伏せるようにして拝む。一回に自分の背丈だけ拝みながら進んでいく、という強烈なものだ。それを一日中繰り返して、自分の背丈だけじわじわと千キロの道のりを進んでいくのだ。

巡礼の道は決して平坦ではなく岩だらけの道を登ったり降りたりする場合も多い。下るときが一番キツイらしい。あんなに激しい礼拝を見ると、自分が途方もなく弱い人間に思えてくる。

途中にモノを売っている店など限られたところにしかない。食料の基本はツァンパだ。

「ハダカ麦」を粉にしたもので、都合がつけば遊牧民はヤク（高地順応した巨大な牛）の乳でといて食べる。それしか食べない巡礼者も多い。ツァンパはもの凄くカロリーが高く、すべてのエネルギーの素になっているという。

チベットのお寺はそういう巡礼を励まし、心身を救う役目を果している。住職も寺男もまったくいない無人寺も多いが、そこが巡礼者の安息の場で一夜疲弊した体を休めるためにつかわせてもらう。

仏さまがむきだしなので、巡礼はその足もとにすがるようにそこに至るまでの無事を感謝する。日本みたいにずっと奥のほうに厳重におさめておくようなことはしていない。

疲れた巡礼もこころから休まるというものだ。

いろいろな寺があるが、あるところでこの写真のように仏さまが人間の歯を持っていた。歯についての仏さまだとばかり思っていたら、日食のときに太陽を食ってしまう悪い星がいるから、その星の歯を取ってしまった仏さまだという。

聞かないと想像もつかない話で「そうか、そうだったのか」と納得してしまうのであった。

むかしの人は日食のとき太陽が徐々に欠けていくのを恐怖と驚嘆の思いで見ていたのだろう。このままでは世の中真っ暗になってしまう。なんとかせねば、という思いで「歯を取る仏さま」を想定し、世の中にまた明るい太陽を取り戻した、というわけなのだろう。

この寺院に入っていっていきなりこの仏様を見ると、なんだろうな?という不思議な感覚になる。昔の人は日食を恐れたということがこれを見てよくわかった。

一日ずっとこうしているインドのミミカキ売りのおじいさん

ひところのように若者が簡単な身の回り品をかついで世界のいろんなところをあてもなく期限もなくうろつきまわる、という光景は見なくなった。インターネットの普及で自宅にいながら瞬時のうちに世界中を眺めることができる、という安易な時代になったのと、旅先で日本人とみるとカネモチだし、カメラなどいいものを持っているというので、けっこう辺境で襲われることが多くなったからだともいう。世界を甘く見ている日本人なのでけっこう危険なところ（原野ではなく夜の盛り場など）にカップルでいちゃいちゃ出掛けていって強盗にあう、なんてことが多くなっているようだ。

むかしはこういう旅行者は風景を楽しむアフリカ派と文化を楽しむインド派に分

かれているとよくいわれた。

　バックパッカー〈バックパック〈リュックサック〉を背負って旅する人〉のあいだではどこか琴線に触れて自分から進んでいつまでも目的もなくそこに滞在してぐうたらしていることを「沈没」する、と自分たちで言っている。

　かれらが「沈没」するのに「インド派」と「アフリカ派」があるといわれてきた。バックパッカーのように何日間も生産性なく居ついてしまうことまではできない単なる「旅行好き」の人も、インド派とアフリカ派に分かれるケースが多いようだ。

　依頼された仕事以外に外国にいくとき、ぼくの個人的な目的の中心は「写真を撮ること」だ。するとインドはどこへ行っても被写体の宝庫、ということがはっきりしてくる。

　異文化としてのアフリカも面白いが、いつサバンナのむこうから猛獣が飛び出してくるかわからないし、うっかりマサイ族に望遠レンズをむけてしまうと本気で長い槍がトンでくるから命がけだ。

　そのてん、インドは食い物に早く慣れればだいたいたいのところに行っても命まで危険

おそらくこのおじいさんが自分で作ったミミカキだろう。針金の先端を固いもので叩いて小さなヘラのようにしてある。ちょっとばかり痛そうだが、一つ買えばよかった。

にさらすことはない。

多少注意すべきは不可触民（アンタッチャブル）の領域に入ってしまうことだ。暗黙のうちに写真など撮るのはなにかの道理に反するようなところがある。

路上生活者が二万人いるというカルカッタをぶらぶら歩いているとき、遠くに大勢の人の声がした。何だろう？　とノーテンキな興味をもってそっちのほうに進んでいくと人の声はずっと下のほうからだ。

川原か？　と思ってさらにどんどん進んでいくと土がむきだしになった小山がいくつかあってその先はスリバチ状になっており、赤土の間を進んでいくと土を運んでいる人々のアリンコの列のようなものがみえてきた。沢山の男女が頭の上のザルのようなものに赤土を入れて列を作って運んでいるところだった。気がつくと男女とも全員スッパダカである。

人間として見てはいけないものを見てしまった、という無防備の自戒の念が作動し、カメラを急いでカバンにしまった。今思えば誰も見ていなかったのだから勇気をだして一枚ぐらい撮っておきたかった。その日の夕方、市場の片隅でミミカキ売りの老人とであった。ひとつ売っても一円にもならない品物のようだった。

たくましくて美しい人々

「燃料費ゼロ」太陽の国の素晴らしい発明品

チベットを十年ほど何度か旅していて、そのつど急速に増えてきたものに興味が増していた。そのひとつはこの写真を見れば一目瞭然と思うが、よく反射する金属を左右に広げて固定してある。大きさは一枚が1・5×1メートルぐらいの金属の翼のようなものだ。

チベットは平均標高四千五百メートルほどもある天空の国なので、四季を通じてたいてい雲の上に飛び出ている。つまり全くの晴天が続いているのである。

チベットというと、冬は雪や氷だらけになり、ヒマラヤかチョモランマのようなところを連想する人が多いようだが、全くそんなことはないのである。

むしろ南太平洋のいろんな国々と同じぐらいの太陽の国だ。冬でも太陽さえ出れば暖かく、みなさんは信じられないだろうが、ラサに住む多くの家ではストーブなどの暖房器具は使わない。火を使うのは母屋とは別のところに建てられている飯炊き小屋で、そこでは木材や干した牛の糞（ふん）などを燃やしている。

朝夕や、それからごくまれに雲の下に入り込むようなときは、冬などそれなりに寒いけれど、家の中に暖房器具はないので、人々はオーバーコートを着たまま普通に暮らしている。

さて、このバタフライコンロともいわれている路上の珍しい簡易コンロ装置である。見てわかるように一日中強烈な太陽の下にいるから、そこにこうした反射板を広げて、太陽の反射光が焦点を合わせるようなところに水の入ったやかんなどを置けば、たちまち熱いお湯が沸いてしまう。それは見ていて怖いほどで、もしその反射光の焦点に無思慮に顔などを当ててしまったら、えらいことになるという想像は容易につく。

使う人はそういうことを重々承知のうえでやっているから心配はないが、ぼくのようなシロウトが怪我（けが）をしないように、コンロとして使わないときはバタフライを

広げる角度を調節し、簡単には人の背丈のところに焦点が合わないように工夫されている。いったん買ってしまえば、燃料費は〇円である。これぞまさしく省エネ化を目指す未来産業の基本的な発明ではないかと感じた。

これは、日本風にいえば、そこらのホームセンターのようなところで簡単に買える。初めてこれを見たとき、ぼくは感動し、思わずこれを買って帰ろうかと思ったほどである。

けれど反射板を二枚合わせると大きさは半分にはなるもののかなり重く、航空運賃だけでも相当なものになりそうである。そうして一番大事なことは、日本にはチベットほどの太陽に恵まれていないということに気がついたのである。

このやかん一杯の水は10分もしないうちに熱湯になる。太陽熱の威力を目の当たりにした。

巡礼助ける62歳 〝老婆〟の喜び

チベットの人々の生涯の望みは聖山のカイラスまで巡礼することである。首都ラサから聖山カイラスまで約千二百キロ。そして平均標高四千五百メートル。巡礼はそこをいろいろな方法で行く。歩いていく、馬でいく、クルマでいく。その手段はさまざまだ。

一番厳しいのは五体投地拝礼でいく巡礼。さきほども紹介したが、大地に全身を叩きつけて進んでいく。拝礼しながら自分の体のぶんだけ大地を進む、という方法だ。年齢や体力にもよるけれど健康な中年男子でラサからカイラスまで一年ぐらいかかるという。

年寄りや途中で病気になってしまう人はそういう厳しい巡礼の途中で死んでしま

う場合も多いらしい。

けれど、こういう巡礼旅に出られる人は喜びや幸福感に満ちているから、中途で果てても満足らしい。一年かけて巡礼ができる、というのは、自分が目下は健康であり、家族の理解や協力、経済的な面でも可能だからなのだ、という背景がある。

五体投地拝礼でシャクトリムシみたいに進んでいくところをテレビドキュメンタリーなどが映像にとらえて、深刻な口調で「なぜこのようなことをしてまで」などという見当はずれなナレーションをしていることがあるが、当人らはこれまでの人生で一番しあわせな状態にいる、と思っているのだ。

チベットは「ほどこし」の精神でなりたっているところがある。巡礼のいくルートの途中で生活している遊牧民などは、そんな巡礼になんらかの施し（水とか食べ物など）を与えてわずかでも巡礼の助けになる、ということによろこびをみいだしている。

この四千五百メートルの高地で暮らしている写真の老婆などもそういう福祉の精神で生きてきた。

老婆、などと書いたがこの人はまだ六十二歳である。十歳の孫がいる。高地で生まれ、そこで遊牧の仕事をして今日までこの土地を動かずに生きてきた。巡礼になにか力になることはないかと、気にかけている毎日だ。ずっと太陽の下にいるから目をやられてよく見えないし、歯もまったくない。でも毎日自分の「命」があるのが嬉しい、と言っていた。

チベットは太陽の国だ。子供のころからむき出しの太陽光線を浴びているから肌も強くなるが、しかしダメージも大きい。こういう高山の遊牧民が欲しがるのは目薬や糸と針などだ。

現代に生きている腰ミノの美しさ

ニューギニアのまわりにいくつかの島々があり、そのひとつ、ニューアイルランド島の真昼の熱暑のなかで一息ついている若い母子を見た。

十九世紀頃、ヨーロッパの列強各国が大きな帆船でユーラシアの南側にむかって航海してきたのはそこで出会う島々から自分らの国の安物ガラス製品などよりもっと価値のある海のタカラモノと交換するためだ。場所によっては大量の真珠、サンゴなどをヘナヘナのナイフや小さな鏡などと交換できる。

南海の純真な漁師から見たら、その当時の帆船探検隊は、どこか遠くからやってくる海からの強奪者のように思えたかもしれない。タチの悪い帆船探検隊は島人を大砲で脅し、労力としての人間を連れていった。つまり奴隷である。同時にむかしの船乗りを語るときたいてい出てくる、島の若い娘の強姦である。

南海の平和な静かな島の人々にとっては海からやってくる探検隊は何をされるかわからない恐怖の来襲であった。たとえばマゼランなどは海洋冒険者の英雄と目されているがどこからどこまでが英雄的行為なのだったか。

ぼくもずいぶんいろんな南海の島々に行ったが、観光地になっていない島のほうが断然面白かった。

この写真にあるような古典的な腰蓑をつけた若い母子などは観光島から遠く離れた孤島でないと出会うことはない。島の娘はいまは観光としてやってくる外国の娘らと同じようなショートパンツにTシャツ姿が大半で、食べているものもハンバーガーやホットドッグ、という具合になっている。

この母子のような腰蓑姿はめずらしい。

腰蓑はよくできていて緻密に束ねているわりには風を通し、南海の強烈な太陽も見事に跳ね返してしまうので暑さは感じないという。そうして感心したのは南洋に多いふいのスコールなどにも滅法強い、という話だった。もともと草だから雨でびしょ濡れになっても一本一本の乾きが早いのだろう。同じ利点で子育て中の母親は頭に腰蓑よりもっと細いしなやかな草を束ねた独特の帽子マントをかぶっている。熱い太陽の下では子供への紫外線やスコールを跳ね返す。

小さな子はこの上下の乾燥草に挟まれて安心して過ごせるのである。子育てをしなくていい若い娘はこの頭に被ったものをとって風をじかに顔にあてている場合が多い。

ときどき食用として上等の鮫（さめ）がとれたときなど、夜に広場のあちこちにあるよく燃える草の芯を束ねて松明（たいまつ）にし、そういう腰簑だけになった娘らが男たちを誘惑するために伝統的な踊りを見せてくれる。ずっと昔から続いている踊りの基本がいくつかあるらしく、濃密な闇と、文字通りそれを焦がすような松明と、クルクル回る腰蓑姿の娘の動きが、電気の照明などではとてもできない火と闇のなかの美しさを披露してくれる。

腰蓑の他に頭からかぶる笠のような役割をするものもある。通常の布で作った服よりもこのほうが風通しも良くはるかに涼しいらしい。

うらやましい腰巻き文化

モルジブの市場。肉売り場の前を通ったらヒマそうな店の男たちがみんなして「買ってていけえ」という。買うとなると小さいものでも骨つきで十キロぐらいが売買の最小単位で、三百グラム、なんて言ったらみんなに笑われてしまう。

泊まっている安宿には厨房はないからどっちみち買ってもどうすることもできない。三百グラムで邦貨二十円ぐらいの安さだ。

インド、スリランカ、そしてこのモルジブと続けて旅していたけれど、このときどこでもうらやましかったのは男たちのすずしそうな腰巻き姿だった。上半身はハダカの場合が多かったし。

しかもだいたいみんなコシマキの下には何もはいていない。つまりノーパンだ。

それでないと小便をするときに不便でしょうがない、と聞いて納得した。それでもってすわり小便だ。自由でいいなあ、とつくづく思った。

腰巻き文化圏の腰巻きもいろいろあって、このモルジブ、スリランカ、インドなどは大きな布を腰のところでくくりつけている、というはきかたが多い。

ミャンマーは大きな布の両端を縫って大きな「輪」にする。腰のところであまった布を絞るように束ねておさえる方法だ。だからどっちの方法もウエストサイズなんて関係ないからたいへん便利らしい。

ひとつだけ困るのはポケットがないからサイフなどのしまい場所がないことだけれど、みんな腰巻きの後ろのほうにサイフを挟んでいる。後ろからヒョイと抜きとられそうだけれどどうせたいしたカネは入っていないからみんなそれでいいみたいだ。

ちょっと話はちがうが、インドは伝統的にホモが多い。金持ちや権力者が若い女をみんな集めて囲ってしまい、男女バランスがむかしから乱れていて、貧乏男にはなかなか女が回らないからだ、とインドの男に聞いたことがある。

その理由の本当のところはわからないが、あちこちに手をつないで歩いている男同士の光景はよく見た。単なる仲良しというのではあまりにもインドの男たちは仲良しが多すぎるように思えるから、アンバランス説を信用したくなる。

田舎のほうで手をつないだ男と男が腰巻きをヒラヒラさせて川べりのほうに走っていき、二人同時にしゃがんですわり小便をしているのを見たことがある。見なければよかったような気もしたが、究極の人間愛の風景かもしれないから解釈はむずかしい。

トルコの男たちも腰巻き姿がけっこういるが、究極はトルコ風呂だった。ソープランドなどとはぜんぜん違って、ここにいくと蒸し風呂に入ったあとプロレスのような格闘的マッサージをガンガンやられる。本気で腕や足など締めてくる。しかしむかしは注意しないとここでもホモの方向に突入する場合があったというから注意しなければならない。

冷蔵庫というものがないから、肉は解体するとこうしてすぐに軒下に吊り下げられる。暑い国だから2日も吊り下げているとあとはもう日干し肉にしたほうがいいようだ。

牧歌的な農漁村に広がる仕事歌の魅力

インドネシアのバリ島を旅していて気持ちがいいのはあちこちで歌声が聞こえることだ。十人から多いときは三十人ぐらい。

コンサートみたいなことをやっているのではなく畑仕事や島の自然を相手にした仕事集団が、おそらく自然発生的に歌っているらしく、場所によって少しずつ歌が違ってくる。

そういうところを旅したことがなかったのでとても新鮮でここちよかった。

島をひとめぐりして思うのは観光的な場所以外はクルマも少ないので道路も基本的に仕事で移動していく牛や家畜追いの人々だ。

あちらこちらから聞こえてくるのは谷に広がるいわゆる段々畑（島では田んぼが

多いのでライステラスと呼んでいたが）で働く農民の合唱や、浜に帰ってきた漁船の荷揚げの人々が、やはり自然発生的に口にしている労働歌だった。

「そうか、第一次産業が機能しているところではこういう労働歌が現存し、継がれているんだ」

ということを理解した。労働賃金的にはずいぶん安そうだったが、労働意識の上ではうらやましい世界のように思った。

ライステラスを見下ろせるところでその風景を見ながら歌を聞きながらしばし休憩した。眼下では、あれはいくつかの家族が組んで稲の刈り入れをしているのだろうな、とわかる秩序のもとに動き回っている。

ところどころに水牛が緩慢に動き回っているのは、日本などの農業風景でみるトラクターのようなものなのだな、とわかってきた。

刈り入れ時期の休みなのか子供たちも親に交じって沢山はたらいている。

そしてみんなで声をあわせて歌っているのだった。

同じ「コメ」を主体にした農業国だったのに、日本にはもうそういう風景はあまり見なくなってしまった。

いや、そういう刈り入れの季節に日本の農村をクルマでとおりかかるときがある。数人の人がいろんな機械をつかって、それはそれで熱心に仕事をしている。ただし機械の音が騒々しくてそんな歌などうたってていられない、というところだろうか。

岬を回って小さな湾がみえてきた。そこからもヒトが数少ないので小さな音量だが海風にのって歌が聞こえてきた。

天日干しの塩田だった。白い服を着た女性たちがそれぞれの仕事をしながら、でも同じ歌声のなかで熱心に仕事をしている。

田んぼとちがって近くまで入っていけるので一人の女性の写真を撮りに行った。海水を流しながら干していくらしい古典的な装置の上にザルいっぱいの塩を見せて何か言った。でも言葉は通じない。ぼくはカメラを指さし「写真を撮りたい」ということを日本語で言った。断られることはなかったが、お礼にその出来立て塩を少し買うべきだったろうな、とあとで思った。

この塩造りの女性は、言葉は通じなかったけれど、これを買っていきなさいよ、と言っているようだった。いかにもうまそうな塩だったけれど、残念ながらお土産にはできなかった。

ずっと泣いている子供を丸洗い。逞しいメコンのおかあさん

メコン川上流。このあたりはラオスの山岳川民族が逞しく暮らしている。モン族とアカ族という種族が川沿いに住み、メコンの流れに自然のままうまく融合している。魚はかなり沢山の種類がいて、これは青年や少年が潜っていって銛でついてくる。

魚屋さんなどないから自分のところで食べるためだが、沢山とれると隣近所にわける。

山に入っていってゴムパチンコでキジやリスなどをたくさんしとめるとそれがお返しだ。むかし話のようなことをいまもやっているのだ。

朝食は季節に関係なくいくらでも採れる篠竹のタケノコで、朝早く山に入ってい

ってひとかかえほどもとってくる。皮ごとオキ火にした焚き火で焼いて塩（岩塩）をつけて食べる。どこの家もみんなそれだけの朝食なので少々圧倒される。

この篠竹をごっそり採ってきて屋根と床だけの小屋で朝だけ売っている「タケノコ屋さん」がある。タケノコ以外に売り物はないからまことにあっさりしている。

暇つぶしに山のなかでヘビを捕って、それを売って商売にしている老人がいた。こういう奥地でもメコンウイスキーと呼ばれる見るからに悪酔いしそうなイモ酒の蒸留所が川沿いにあって瓶売りをしている。ヘビはその種類によってこういう酒に漬けられ、舟で川下に流れて売られている。ヘビが嗜好品として流通しているのはどこでも同じなのだ。

忙しいのは母親で朝食がすむと子供らをつれて髪や体を洗い同時に洗濯にいく。

メコン川の上流のほうはこまかい石がひろがってそこを水が細流になって流れている。

上流から流れてくるのと湧き水が一緒になっている二系統があり、子供の体を洗うのと洗濯などにちょうど具合がいいようだ。あらかじめハダカンボにした子供の手をひいておかあさんはよく働いている。

小さな石がちらばる山の川だから子供の足は痛いだろうが、慣れてもいるだろうから日本人の見た感覚ほどではないようだ。

洗い場は分散していて違いはよくわからなかったが上流からの水が溜まっているところと湧き水が主のところは洗濯用と飲み水を汲んでいくためのものと区分されている。子供を二人連れたまだ若いお母さんは浅いプールのようになっているところでまず子供を丸洗いし、そのあいだ子供はずっと泣いている。

水が冷たいわけではなくただ泣きたいようだった。洗濯をすませたおかあさんは腰布のまま水たまりの中に入って自分の体を洗っているようだった。

しばらくするといつ着替えたのかさっきまでとは違う乾いた腰布をまとってさっぱり川風に髪を泳がせている。まことに素早い着替えの技で、これもひとつの文化の力というのだろうなあ、と感心したのだった。

メコン川の上流域に住んでいるアカ族のおかあさん。毎日、川で洗濯をし、子供らの体を洗い、自分も汗を流して子供をあやす。働き者でとても忙しい。

壮大な家庭内漁業
——途上国の働く子供

途上国を旅していてどこでも感心するのは小さい子供がよく働いている光景だ。それは海でも山でも川でも共通している。たいてい親や親戚などの一族と一緒になって働いているので、それが家業である場合は、家の仕事を手伝いながらその仕事のコツを覚えて一人前になっていく、というケースが多く、漁業や農業など、日本も少し前まで似たような事情とその風景があったはずだ。

途上国の場合の問題は、貧困や人手不足などのために小さい子が学校に通えず、単純に働き手として従事しているケースが多いことだろう。

これはその国の国家のありかたや産業などの事情にも関係してくるので、子供を労働に加えない、という日本のように恵まれた環境にある場合と単純には比べられない。

この写真はベトナムのメコン川の河口のおそるべき広大なメコンデルタ地帯で見たものである。大河はここでは気の遠くなるようなスケールでひろがっていて、気候変動などによって地形、流域などの様相を激しく変えながら、それでも常に肥沃(ひよく)な自然の恵みを人々に提供している。

このあたりに暮らす多くの人々は豊富にいる魚を捕獲するために、高低差のある流れに大小さまざまな梁(やな)を仕掛け、そこで毎日一メートル前後の魚をとらえている。釣りでも網でもない梁は仕掛けを補修するだけで通年一定の漁獲量を得ている場合が多い。

この写真にあるのはそうした梁にかからないもっと小さな魚介類を狙って仕掛けた巨大な網袋で捕っているものだ。この大きなザルのひとつで百キロ近くの重さがあるようだが、少年はこれを上手にゆさぶって動かし集積所に持っていく。

河口の近くでは定期的に上流から下流へ、またその逆へと汐の干満で流れは大きく交互に変わる。それによって捕らえる魚の種類もいろいろ変わるがどちらの流れも同じくらいの漁獲量があるようだ。

そういう仕掛けがメコンデルタにはいっぱいある。夕刻になると、仕掛けまでは船で出ていくが満杯になった網を数人でひきあげ、籠にあけて翌朝集積所まで持っていくのは子供たちなのである。

この漁は人間が仕掛け、満杯になったらそれを人間が引き上げるだけでほかの動力を必要としない。それだけ燃料経費のいらない効率のいい漁なのだ。

陸に運びあげた一日分の漁獲量はひとつの船でこのカゴ三〜四杯になるらしい。それらは陸揚げされるとすぐに種類ごとに分類されるがその仕事にまたこの子供たちのほかに母親などが加わって十人ぐらいの人数でやっていた。

分類しおわるのにたいてい朝までかかるという。休憩は昼のあいだ。人間の手作業ですべて行われている壮大な家庭内漁業とでもいえる世界なのである。

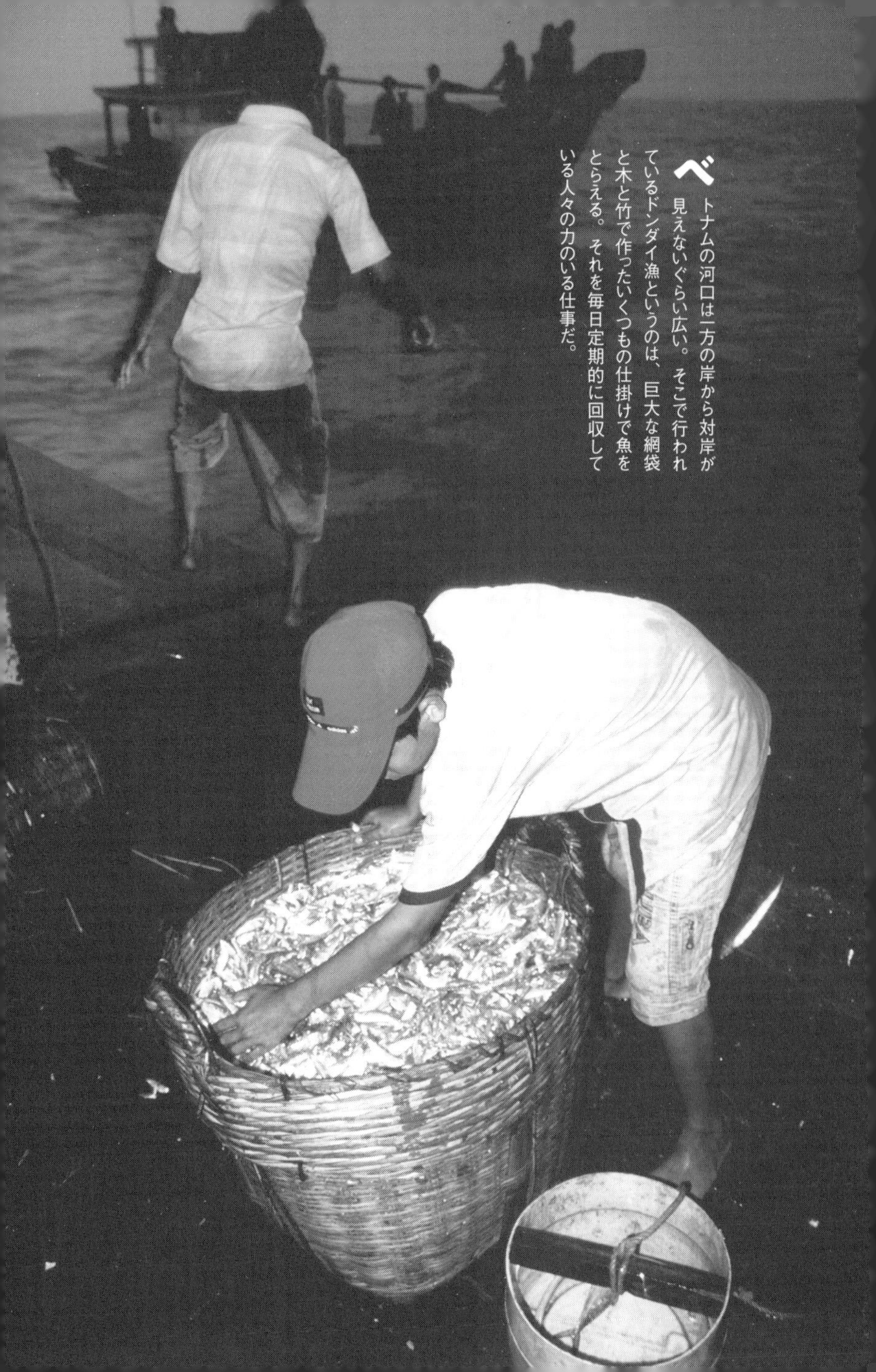

ベトナムの河口は一方の岸から対岸が見えないぐらい広い。そこで行われているドンダイ漁というのは、巨大な網袋と木と竹で作ったいくつもの仕掛けで魚をとらえる。それを毎日定期的に回収している人々の力のいる仕事だ。

逞しく豪快なさかなやさん

ごく平凡な外国への旅にも大きくわけて二通りあって一つは美しい風景のなか、おいしいものを食べて移動していくというやつ。サラリーマンだった二十代の頃、よく外国の取材旅にいかされた。経費節減のためだろう。当時大はやりのグルメツアーなんてのに一人まじって目的地までいく。これが嫌でしょうがなかった。日本のおばさんらは外国にいるあいだ集団コーフンしているのでやかましいのなんの。その中にまじって移動していくのがじつに恥ずかしい。

当時のおばさんのツアー旅は綺麗なもの、おいしいものをひたすら追求してそういうものに出会うとあんたら本当に大人かい？　と聞きたくなるくらいはしゃいでいた。

ぼくは団体料金でいけるところまでそういうひとたちと一緒にいかなければなら

なかった。

　あの頃からくらべると日本人の旅も随分主体的な大人旅になった。ひところ日本中にいた中国人の観光旅行は日本人よりももっと欲望にストレートに貧欲で世界でも無敵だ、と思った。

　四十代以降になると取材旅が多くなり、ぼくは欧米よりも東南アジアを好きなように行くのが断然面白かった。それがもう一つの旅。メインストリートや観光名所などよりも川ぞいに横に伸びている露天の店をヒヤカシそのものとして見ていくとその国の経済や暮らしぶりの本当のところが見えてきていろいろ考えさせられる。

　この通りには海からあがってきた漁船や河口をのぼってきた船が夥しい数と種類の魚介類を荷揚げするので、その獲物がすぐにならぶ。まだ若いこのおかあさんはおそらく旦那がそういう船乗りなのだろう。

　夥しい魚をテキパキと売っている。産直そのものだから新鮮だしもの凄く安い。売りさばきながら抱いた子供をあやしているのがなかなか感動的だった。

　大きい魚は客の要望によってでっかいナタみたいな包丁でさばきワタをだして下

処理をしてやる。ハラワタをだすから両手は当然魚臭くなってしまうだろうが、そばに置いてある裏っ黒なタオルで簡単に両手をぬぐい、なにかで驚いてしまったのかなかなか泣き止まない赤ちゃんの顔を片手で上手に乳房におしつけてなんとかコトをすませてしまう。

この河岸通りの売り物屋さんはそんな店が連続している。ずっと写真を撮りながら歩いていると大きな声でなにかさけんでいるおばさんがいる。その人のほうにいくと片手に器用にマルハダカの赤ちゃんを抱え上げ、もう一方の手でこのあたりでは高級魚と言われているでっかいボラのエラをつかんでなにかやはり大きな声で言った。当然意味はわからなかったけれど「どうだいうちの子はこの名物魚よりでかくて元気だよ」と言っているみたいだった。美しい外国の風景よりもこういう出会いのほうが元気がでる。

スーパーなどがないアジアの海沿いを行くとこういう風景をたくさん見る。赤ちゃんの世話をしながら大きな魚をさばいている母親の底力に感動した。

アマゾンの奥地で手作りのヘビを10円で買った

アマゾンの河口からおよそ六千五百メートルほど上流にいったところに小さな村があった。村といっても十戸ぐらい。土地名もないようなところだ。

このあたりのアマゾン川は長さも川幅もその年ごとに違う。上流部分に流れている何本かの二千メートル級の支流がその年の気象条件によって流れのルートも水量も変化するから正確に測れないし、測ったとしてもどうしようもない。

テフェという河口から出ている連絡船(けっこう大きい船だ)の上流部分の終点で、そこから上流へ行くにはエンジン付きの小舟をチャーターするかインディオの小さなカノア(カヌー)に一人か二人乗せてもらって進んでいくしかない。あまり生命の完全保証というのはないようだった。川はワニだらけだし。そういう手段で半日ほど遡行していくと冒頭書いた十戸ほどの村があった。村といってもかたまっておらず、アマゾン川の両側にせいぜいカノアで訪ねていけるぐらいの距離に離れて筏家屋を大木に結びつけて暮らしている。

産業は何もない。木の上のサル（インディオは狩猟してもいいことになっている）や水中の生物をとって食べている。原始生活というわけではなく食器なども文化的だしハンモックで寝ている。それはいろいろな意味でインディオの必需品で、まず第一に涼しい。ときおり筏の上にあがってくる毒蛇よけ。ほかにもいろいろ聞いたが覚えていられなかった。村には「寄り合い所」のようなところがあり、そこにいくと村の女たちがおしゃべりしている。定期的に内職のようなこともしていて、ぼくが訪ねたときはジャングルでいくらでもとれるまがりくねった木の枝の皮を剥ぎ、彩色して三メートルぐらいのヘビを作っていた。ぼくはヘビは嫌いだけれど、その手作りヘビは実にかわいらしく、どうしてもおみやげに持って帰りたくなった。値段は邦貨にして十円ぐらいだった。問題はそれを損壊せずにどう持って帰るか、ということで一緒に行ったインディオらとああだこうだ議論した結果カノアを漕ぐパドル（櫂）にしばりつけていけばいい、ということになった。

小屋の中に古いパドルがあっておもちゃ大蛇を作ってくれた女の人がくれた。包装サービスという具合だったのだろう。

その人は日本がどのへんにあるか見当もつかないだろう。そのサービス心が嬉しくてもう二十円渡した。でもあまり嬉しくもないみたいでずっとこういう顔で見ていた。

インディオの女性はきれいな人が多い。もちろんまったく化粧などしてないしドレスなど一生着ることもないだろう。生まれてから死ぬまで半径一キロぐらいの世界しか知らずに死んでいく人が多いのだろうなあ、と推測できる。子供が三人ほどいてまとわりついていた。その夫も半径一キロぐらいのエリアで出会った人なのだろうなあ、と余計なことを考えながら婦人集会所をあとにした。

この女性は村の集会所のようなところに毎日通い、アマゾンの森の中から見つけてきた木の枝の皮をはぎ、それでいろいろな土産物を作っていた。なんとなくおびえているような顔が気になった。

住居は筏家屋のエレベーター

　辺境地への旅でしばしば「いいなあ」と思うのは大人数で平和に暮らしている家族に出会うことだ。

　たとえば前ページの村でひときわ大きな浮き家に住んでいる大家族に並んでもらった。これでもあと五人どこかに行っているという。

　アマゾンの奥地にいくまでぼくは知らなかったが、上流部分は広大な「動く湿地」になっていて、雨期と乾期ではまったく様相を変えている。それをかたちづくっているのは上流にヨーロッパ全土ぐらいのスケールで広がっている収縮するアマゾン源流地である。

　アマゾンの源流はブラジル南部を取り囲むようにして聳(そび)えているギアナ、スリナム、ガイアナ、ベネズエラなどの巨大な衝立(ついたて)のような山岳地で、そこから流れ込んでくる氷河などが溶けてヨーロッパ全土ぐらいの源流地帯を大洪水にする。

その洪水になった水がアマゾン川の源流である。しかし増水期のあとには水が枯渇していく乾期がやってくる。

この増水期と渇水期の水深の差は平均して十メートル。

増水期にはあちらこちらに背の高い樹木が水面から飛び出して森のようになり、それがいくつも散らばっていく。地面で暮らしていた生物（虫なども含む）のうち樹木の上で生きられる生物はその樹々にのりうつりジャングルの水上樹林に適応して生き延びる。

この写真の大家族はそのあたりに住んでいるネイティブで、動物のようにすべてが樹木の上に住むことはできないから、この巨大な川の増水期には独特の生活方法を編み出していた。

彼らはあたりに生えているバルサなどの太くて浮力のある樹木を切り倒し、その上に住居をつくる。バルサのイカダの一端に太いワイヤーをとりつけてやはり太くて根の張った樹木の幹にむすびつける。

アマゾンの奥地で世話になったジョアキンさん一家の記念撮影。このほかにも数人、狩りに出ていて、家族の完全な勢揃いというわけにはいかなかった。

この筏家屋が家族のぶんだけできあがる。土地代を払う必要はないし食料は殆どアマゾン川から得ている。乾期になると筏家屋はそろって大地に降りて着地する。

筏家屋は重いからいったん着地すると地上ではもう簡単には動かない。だから水がひいて降下していくとき竿や丸太などを使って着地したときに暮らしやすいような位置どりを考える。一年に一回上下するエレベーター家屋なのである。この写真はそんな一族を「母屋」を前に並んでもらった一枚。金銭の収入はいっさいないが、みんなその暮らしに満足しているようだった。

ありのままの人々がいた

ミャンマーのうらやましい納涼ノロノロ列車

途上国を旅していると時々こんな風景に出合う。ここはミャンマーの田舎。かなり古い、どこの国産のものともわからないオンボログルマに乗せてもらって移動していたら、こういう納涼列車がやってきた。

別に「納涼」を名乗っているわけではなく、客車がいっぱいでこういう貨車に乗り込んできたらしい。天蓋がないから日差しはモロだが、なによりも吹き抜けていく風が魅力的だ。勝手気ままな恰好で乗り込んでいる人々も楽しそう。でも当然ながらどこにもクッションというものはなく、座り方によってはかなり腰だの背中だの痛そうだ。

このときぼくが列車のほうに乗っていて、客車とこの人間貨物みたいのとどちらを選ぶ、と言われたらこっちの貨物車のほうを選んでいただろうと思う。

客車のほうは常にたばこの煙が充満しているからだ。冷房なんてのはないから窓はあけているが、故障していて開かないところも多く、紫煙（しえん）の排出に追いつかないことが多いのだ。

クルマで移動していた当方もオンボログルマの窓の開閉装置が壊れていて走って得られる涼風というのがまるでこない。ドアをあけて走りたくなるがそんなことをしたら運転者がものすごいけんまくだ。だから自動車移動というのはけっして楽じゃない。

おまけにひっきりなしにクラクションを鳴らすのにも参った。クルマ移動の怠惰なヒルネというものができないのだ。

見ていると田舎の田んぼの中を走っていく一本道の三百メートル先に自転車が走っていてもクラクションを追い越すまで鳴らす。

「どうしてこんなに早い段階でクラクションを鳴らすのですか？」

と、運転手に聞いたら、この国ではどんな理由があろうともヒトを轢（ひ）いたらそのクルマの運転者は、どんな事情があろうとも七年の懲役刑がまず基本的に課せられる、という。タクシーの運転手としては死活問題である。一家は生活の柱を失い、否応なく離散だろう。

だからもっと通行人のたえない町や村の道路ではそれぞれのクルマのクラクションで大変な騒ぎだ。

そんなタクシーにのっていたときにこういうシースルーの列車に出合うと、もうなにもかもうらやましい！　ということになるのだった。

それにしても道中、ひっきりなしのクラクション爆裂のなか、スピードは用心してノロノロである。そこでは今わが国で問題の「あおり運転」などおこりようがない。むしろ水牛にひかせている農民の仕事車などが背後に迫ってきてクラクションを鳴らすクルマを無視してさらにのんびり走っていったりする。

この写真にある無天蓋列車のいいところはやはりノロノロなので必ずしも駅に到着していなくても自分の家の近くにさしかかったらそのまま飛び降りてしまえることでもある。

遊園地を走らせたら人気が出そうな風通しのいいノロノロ列車。何か食べたりおしゃべりしたりごろ寝したり、みんな自由で楽しい風景だった。

モンゴルで出合った「六つの目玉」

ミャンマーの伝統的なあさめしはナマズからダシをとったライス麺でモヒンガーと呼ばれる。麺といったがコメを原料にしたビーフンで、アジアのこのあたりの国はみんな同じようなあさめしを食っている。

ビーフン工場を見たことがあるがコメをこまかく粉砕して温めスープ状にする。それを直径四十センチぐらいの木枠にいれて、日本の海苔(のり)をつくるのと同じように均等にしてナナメにした干し板の上に乾かす。

完全に乾くと四つ折りとか六つ折りにしてシュレッダーにかけてヌードル状にしてできあがり。シュレッダーを使っているのに驚いた。むかしは包丁で切っていたんだろうと思う。

おなじようなのがベトナムのフォーで、朝方それ専門の屋台がやってきてそのまわりに小さなプラスチックのイスが並べられる。注文すると二十秒ぐらいでアツアツのができるからそれを自分の席に持ってきてフウフウいって食う。小さな碗なので二〜三杯食べるひとがけっこういた。うまい店のところには常に三十人ぐらいの客が集まっている。

ラオスもカンボジアも「フォー」とか「フー」というが内容は同じだ。ラオスなどはあの国のなかでもっとも人気があるのはこの「フォーやさん」みたいだった。店の名がないからそう呼ぶしかない。

日本でいえば「ラーメン屋さん」というラーメン屋さんということになる。

モンゴルがまだロシアの衛星国だった頃、外国人はウランバートルでもっとも大きくて立派なホテルに泊まらせられる。でもあっちこっち大作りでくつろげない。客もあまりいなかった。

朝食はホテルの中のレストランで食べる。街なかに出てもレストランなどないからだ。ホテルのレストランにいったら驚いた。鶏のタマゴの目玉焼きが三つならべてある大皿に粉っぽいコーヒーにでっかい丸パン。どうやら翌日も同じような具合になるらしい。予定ではそれが一週間続く。

モンゴル人は鶏を飼育するのが下手である。遊牧民が飼育している牛、馬、羊、ラクダなどは草原にほうっておけば勝手に好きに食って育っていくが、鶏はある程度世話をしなければばならない。そういうことが面倒なのだ。だからあまりタマゴ料理などしない。誰かが西洋の朝食を真似て目玉焼きをだしたのだろう。

「目玉焼きは三つなくていい。明日からは二つだけにしてほしい」と頼んだ。モンゴル英語が通じたらしかった。しかし翌日レストランに行くと三つ並べた目玉焼きの皿が二皿並んでいた。六つの目玉焼きに睨(にら)まれているようだった。

朝飯でいちばんうまいのは中国や台湾の饅頭(まんとう)だと思う。これはかならず出来たてのが食える。とくに台湾のはこぶりでふかしたて。中にザーサイとかシナチクなんかが入っていて弁当にしても具合がいい。

途上国の旅で問題になるのは昼飯にどこでありつけるかだ。日本のように食堂だらけの国で暮らしていると、何もない旅先で出会うこういう店は輝く星のようなものだ。

風も気持ちもここちいい バリ島の昼寝ヤグラ

いろんなところを旅してきた。当然ながら大きく分けて日本と比べていい国。うらやましい国。その反対の国というのがある。

特にイミグレーション(出入国審査カウンター)での第一印象はその国のイメージに大きく関わってくる。ヒトはよさそうだが入管のシステムがまったく遅れていてイライラの長い列を作ってしまう。そのイライラは入管処理のヒトにも伝わって、双方でイライラのかたまりを大きくしていくなんてことになっていったりする。

入管処理コンピューターで処理する以前からいろんな国に行っていたから今のガラッと変わったSFみたいなコンピューター処理は早いけれど、こっちが密かに考えていることまで見透かされてしまうようで怖いくらいになった。そのむかし通関するのに三時間かかるなどという国がザラにあったから、そういうときは心を無にして行列が進むのを待っているしかない。一度ぼくの少し前の客が呼び出され脇の事務室のようなところに連れていかれてぼくの審査が終わるまで帰ってこなかったことがある。あれは税関に強いコネがあったので早く通関できたのか、あるいは麻薬がらみかなにかでマークされていたのか。永久の謎になった。

　審査を終えてロビーに出ると迎えにきているのか客引きかスリか置引か、見分けがつかなくて判断に困る。

　タクシーの運転手の荷物の奪い合いに巻き込まれるのが一番面倒くさい。信用できる現地の知り合いが絶対必要だ。どの国が一番安心か、ということになるとぼくはインドネシアのバリ島を第一にあげたい。観光の島で、その意味では油断はできないのだが、バリ島は海岸縁りのクタのあたりにいくと日本の女を狙って新宿歌舞伎町の人工日焼けに精をだしているのとそっくりの女タラシ的ホストがいっぱいうろついているけれど、それ以外は清潔。狡いタクシーもあまりいないし、悪徳レストランやバーもあまりない。

ぼくがバリ島に一番最初に行ったとき、案内人とはぐれて炎天下汗だらけになっていたら、この写真のようなやぐらの上から中学生ぐらいの子供数人に声をかけられた。

何を言っているのかわからなかったけれど、彼らはぼくと案内人がこの近くまでやってきたのをずっと見ていたのだ。

口々にいうわけのわからない言葉を雰囲気でなんとか必死に理解しようとするとそのうちの少年二人がサルのような素早さで櫓（やぐら）を降りてきてどこからともなくぼくの荷物を持ってきてくれた。

ぼくの案内人が盗もうとしたわけではなく、にわかにはぐれてしまったぼくを探してあちこち走り回っていたかららしく汗びっしょりだった。

わけがわかり、ぼくが小銭を引っ張りだすと、またもやサルのようなすばやさでそれを持って走っていき、皆のぶんのつめたいジュースを買ってきてくれた。この櫓は涼み台であり、昼寝台であり、ぼくのような間抜けを助ける監視櫓のようであった。

この櫓は本来は見張り台だったらしい。周辺の小さな部族同士がいさかいをしていた時代からの名残だという。今ではそこに住む人々の涼み台になっている。日本にも沖縄あたりに行くとこれに似た小屋を見る。みんなでなごんでのんびりするのを「ゆんたく」というが、それを思い出した。

インドのにぎやかな結婚式

インドの田舎町を歩いていたら賑やかな笛や太鼓の音楽だ。日本的な感覚でいうとなにかの商店の大売出し、だったけれどカドを曲ってみると違っていた。

どうやら結婚式のようだった。それも長い〝式〟が終わって新郎新婦が式場から外に出てくるところらしい。

インドの道で出会い頭によく会うのは葬列が多いが気分的にはめでたい結婚式の行列のほうがいい。楽団のまわりにいる人々は式場に入れなかった近所のヒトらしくその地方の言葉と時々の歌がここちいい。楽団の音楽がガンガン大きくなっていき、いよいよ新郎新婦がおでましかと待ち受けていた。

インド人の花嫁はさぞかしきれいだろうとカメラを構えていたら、誰かに背中をチョンチョンと軽く叩かれた。何もいわなかったがどうやらまだ式典は続いているらしく、主役らが外に出てきてもやたらに写真を撮ってはいけません、と言っているようだった。

インドというところはその地方その地方によって言葉も微妙に違うし、戒律のようなものもさまざまでそういうことをわかっていない、たとえばぼくなどはあたりを眺めていろいろ気をつかわないといけないのだな、とわかってきていた。葬列なども撮りたかったがきっとオコラレルだろうな、と早めに自戒して残念に思っていたが結婚式までとは。

しかしその理由はまもなくわかった。

楽団の音楽がやむと式場の出入口から白いケープをまとった老人が出てきて小さな声で何事か言った。

楽団の音楽がやんだのでまわりは一気に静粛な気配になっており、その老人もなにかたいへん重要なことを言っているのかな、と思ったがすぐに雑多な笑い声と拍手がおこり、いわゆる「介添え」の長老の形式どおりの挨拶らしいとわかった。

どこの国でもこういういわずもがなの挨拶というのはどうでもいいようなところ

があり、楽団の音楽がまたはじまり、ぼくもその復活したにぎやかな大騒ぎにまぎれて写真を何枚か撮りはじめた。でも本命の新郎新婦はなかなか出てこない。

期待はますます高まるというものだ。誰か憎い演出をしている奴がいるのかな、と思ったら花婿がひょっこり先に出てきた。それでどうやら花嫁は化粧なおしなどをしているらしい、と見当をつけた。

その位置ではすぐにまわりの群衆の背後になってしまう、ということがわかったので作戦をたて、これからちょっとした行進がはじまるだろうオモテの道へさきまわりしてできるだけ正面から写真を撮ろうと考えた。道はT字路になっていてリキシャや牛や人々でごった返している。まあそういうものの間をやってくる結婚行列というのもいいだろうな、と思ってこころ踊らせていたが、いつまでたっても行列は見えない。楽団の音楽の移動から察して反対側の川岸のほうに出ていったらしい、とわかった。残念。

インドの結婚式は大人も子供も当事者も町の人も騒々しくにぎやかだ。こんなふうに自由にやる結婚式もいいものだ。

南の島の露天風会議

なにか変わった冬の写真はないかな、と探していたらありました。南半球は日本と逆の季節になるのでみんなこのように涼しい恰好をしていて、非常に暑い。ニューギニアの属島のひとつ。このとき五〜六島にロケハンに回っていたのでどの島だったか正確には覚えていない。人口五百人ぐらいのたいらな島だった。そしてこの場面は会議風景。島の長老がなにかの挨拶と、それに続く訓示をタレているところだった。みんな厳粛に長老の話を聞いている。犬も参加しているがどうもかれらはあまり真剣に話を聞いているようには見えなかった。

非常にたどたどしい通訳の世話になっていたので、この厳粛そうに見える長老がどんなことを言っているのか隅のほうで通訳に聞いていたのだが長老が言っているのと同じくらい通訳の話も非常にむずかしい。

「それはだね」

というのが通訳の口癖というか会話の「はじめ」だった。

「それはだね。あぶない、ということがあるでしょう。禁止されているね。みんなごはんを食べるでしょう。だからといって、あぶないは禁止です。そういう話です」

「うんうん」といってぼくはわかったふりをして聞いている。少しわかったような気がするけれど実はぜんぜんわからない。

「わからない」というと「わからない」の意味を通訳はけっこう知っているから非常に不機嫌になる。

こういう人を通訳者と言っていいのだろうか。でも頼れる人はニューギニア本島で見つけたこの人しかいないからわかったフリをしているしかない。世界各国、ずいぶんいろんな通訳のお世話になったけれど、こんなふうに理解したフリをするのがけっこう大変なのはめずらしい。

この島よりもはるかに国際的、と思ったタイで契約した通訳は初日にしきりに「おぼんでら」と連発した。

「このおぼんでらは絶対に有名です」

などという。ぼくは日本の「おぼん」という名称がここまで浸透しているのか、と感心し、ずっとそう解釈していたがどうも話がうまくかみあわない。やがてその通訳は「黄金」を「おぼん」と言っているのだ、ということがわかってきた。なるほどその寺はタイの暑い陽光の下にギラギラ黄金色に光っていた。

さてこの写真の南島でおきていたことである。通訳は「それはだね」と自信にみちて言う。「これからは」と言っている。「これから」はわかるね。

「わかるわかる」ぼくは嬉しくなってうなづく。

「危険のない島にしなければいけない、そう言っている」

「わかるわかる」

「それにはポランジャが大事だ」

わかるわかる。でもポランジャって何だ。

もう1か月もするとこのあたりの島々が連携した大きな海の祭りごとがある。この日はそのことの会議らしいが、言葉がわからないぼくは、ここに写っている犬みたいにしてそれを聞いていた。

わが人生はやりのこしたものばかり。

人生には歳をとってから、あの時代にやっておけばよかったなあ、と思うことがいくつかある。子供の頃でいえば後ろ回転、とでもいうのか軽業師とか角兵衛獅子のよくやるわざというか、とにかく後ろに何度も回転するやつ。子供の頃、ぼくは体格のわりには身が軽く、小学校の頃は走ってきてそのまま空中回転ができた。あれをもっと奥深くまでならっておけばよかったのになあ、と思うのだ。青年の頃にはトランペットをやっておきたかった。夜更けに屋根の上に登って、ニニ・ロッソみたいなのを吹いていたかった。

大人になって若いときにやっておけばよかったなあ、と思ったのは社交ダンスというやつだった。日本ではあまりダンスをやるような場はないけれど、外国にいくとそれこそ社交ダンスのひとつもできないとただの東洋のボクネンジンで終わってしまう。

この写真はアルゼンチンタンゴの発祥の町、ボカで飲んでいたときのもの。まだ夕刻だったのでズラリと並んだタンゴとサケの店は本格的にあいておらず、けれど少しずつ活気のある、いわゆる「なんだか胸騒ぎのするあわい」の時間であった。ズラリと並んだ店のあっちこっちでアルゼンチンタンゴの練習をやっていた。

練習もふたとおりあって、プロが先生に教えてもらうケース。もうひとつはいわゆるシロウトがほんの第一ステップを習うようなケース。どの店にもちゃんとアルゼンチンタンゴの基本演奏ができる楽器を奏でるひとがいる。そうしてレッスン料をとって開店前に小遣い稼ぎをしている、というわけだ。

店の外では男のダンサーと女のダンサーが開店前の練習をしている。

アルゼンチンタンゴはとても動きが早い。四分の二拍子の音楽にあわせてダンスもそれに従うからもの凄く動きが早い。一曲終わるごとに女が自分の足を男の足の膝のあたりをめがけてくにゃりとまげてひっかけるのだ。

これがもの凄くセクシーで、思わず見とれてしまう。こういう、国中でセクシーなダンスをやっているアルゼンチンという国はいいなあ。と東洋の田舎からきたおとっつあん(おれのことです)はポカンと口をあけて見惚れていたものだ。

女のヒトには男。男には女がレッスンの先生役としてつく。先生はみんな店で働いているひとだ。そうして男も女も憎いほどハンサムと美人でスリムでカッコいいんだなあ。

その日の夕方、そのあたりのバーに入ったが飲めばみんな踊りだす。うまい人もいれば最近習ったばかりの人だな、というのがわかるおとっつあんもいるけれど、悪びれずにやればみんななんとなくカッコがついてしまうんだな、とわかった。その日の夕方、各店の練習を呆然と見ているだけではなく、自分も旅の恥はかきすて、の伝で練習しておけば、酔ったイキオイでキュートなアルゼンチン美人と束の間でも踊れたものを……。いまだにわが人生、あとになって悔やむだけ、というのが続いているのを知った。

アルゼンチンタンゴはやるせなく情熱的で官能的だ。開店前の練習風景をじっくり撮らせてもらった。

南米に流行る日帰り誘拐!?

好きな国といったら南米でキマリですな。南米といったっていろんな国がある。大きいの小さいの。豊かな国、貧乏な国。共通しているのは「マニヤーナ精神」のような気がする。「いいかげん」と訳してもいいらしい。どこか日本とは逆の気配を感じて気にいっている。

日本でも沖縄は南方だからマニヤーナ精神がチラチラする。沖縄のスーパー万能語は、「だっからよお」だ。その模範会話例を次にあげときますと。

Ⓐ「おめえに貸した金どうした。いつ返すんだ」
Ⓑ「だっからよお」
Ⓐ「また今日も遅刻だな。毎日だぞ」

Ⓑ「だっからよお」

なにが〝だっから〟なのかそう言っておくとそのあと追及のないところが素晴らしいんですなあ。

でも状況によっては追及の二の矢、三の矢がくることがある。男女関係だ。「あんた昨日チーコと一晩一緒にいたんじゃないの」「だっからよお」「何で一緒に朝までいたのさあ」「なんでかなあ」「浮気してたんなら許さないよ。離婚ね」「離婚？　怖いさあ」

まあこのあたりでだいたい済んでしまうのだ。

南米アルゼンチンにいたとき「日帰り誘拐」というのが流行(はや)っていた。

誘拐犯らはごく街の道路の片隅のクルマにひそんで誘拐に適しているやつを探している。中堅会社の中堅サラリーマンがターゲットだ。

会社から出てきたところを慣れた技でかっさらい、待たせてあった自分らのクルマに押し込み、どこかひとめにつかないところに連れていって男の財布や手帳から男の家庭の状況を把握し、電話番号を聞き出す。

妻が出たら「お宅の旦那を預かっている者だ……」の誘拐基本会話を開始する。

ただしこのアルゼンチン誘拐の身代金は従来のからくらべるとずいぶん安い。日本円にして十万から三十万円ぐらい。夫を愛する妻はへそくりその他をかきあつめ、誘拐犯の要求に応じ、無事日帰りだ。(この写真は事件とは関係ない。こういう妻が身代金をかきあつめることになるわけだ)

アルゼンチンのサラリーマン家庭ではこういう被害にいつ出合うかわからないからある程度の身代金貯金をしておく必要がある。

夫には確信のもてない不安がある。

妻が誘拐犯のその要求に素直に応じてくれるかどうかという深刻な問題だ。

誘拐犯から身代金要求があったとき「あいつは浮気男だからね。ちょうどいなくなってくれたらいい、と思っていたところだからその人好きなようにしてちょうだい」と言われたらどうなるのか、というオソロシイ不安だ。「だっからよう」などと友人らに言われそうな話だ。

アルゼンチンで問題になっている強引かついいかげんな犯罪。でもどこか間が抜けている。南の国だからか沖縄の感覚を思い起こさせる。

栈橋の下にはアザラシがいっぱい

アメリカの西海岸にいくと、たとえばサンフランシスコから百キロぐらい西にいったあたりの海ぞいに畑と小さな町が続いている。

海沿いの道をどんどん南下していくと海岸にたいていこのようなかなり規模のある長い栈橋が微妙にくねった恰好で海に突き出ているのを目にする。たいていパーキングがあいているからそこにクルマを置いてあとは歩いてこのクネクネ栈橋のようなところに入っていける。

栈橋の上には各種のファストフード店が並んでいて、ハンバーガーとかブリトーなどを売っていて海にむかっておいてあるベンチで海風に吹かれながらけっこう気分のいい時間をすごせる。自分以外に運転できる人がいたなら冷たいビールだ。こんなに快適なくつろぎの場所はない。

いくつかこのような桟橋休憩所に行ったが、桟橋を支える杭の入り組んでいるほぼ全体に大きなアザラシが海面から一メートル以上あるような横木にたくさんむらがって、休んだり、スキンシップ(交尾かもしれないが)にはげんだりしている。

地元の人は見慣れているからだろう。まるで無関心だが、ぼくは五〜八メートルぐらいのところで野生のアザラシを観察できるので、こういう桟橋が好きだった。

日本ふうにいえば「海の駅」とでもいうような存在なのだろうか。でも根本的に違うのは「売らんかな」の感覚がまるでないことで、なにか軽いサンドイッチかホットドッグでも、と思って探すとなるとまるで見つからなかったりする。

アメリカのサンドイッチなんて日本のおにぎりみたいなものでしょう。でも場所によりけりなんだなあ。

それはチェーンレストランのようなのがあまり発達していないからのように思った。たぶん発想が逆で日本でこんな規模の大きな施設をつくったら飲食チェーンが軒並み、ということになるだろう。それが目的だったら地上のエリアでいいわけで、おおもとは歩いて海の先のほうまでいって愛を語ろう、なんて心踊る目的がその先

端あたりにあるのかもしれない。歩いていったらそういう人はいなかったけれど。
この桟橋ふうのサービスエリアは西海岸を行くといくつもある。ふと日本だとどんな形態にあてはまるのだろうか——と思ったが日本だと遠浅の海岸からいくつも海に突き出している規模の大きな桟橋ということになるのだろうか。ただし船が停泊することはない。そこまで水深がないのだろう。
海沿いの道を南下していくとむこうにこの長い桟橋が見えてくる。それをみるとなんとなく安心するのはどうしてなのだろう。
日本でもこういう桟橋を作れないのだろうか、と思うが海の使用権利とか、小さなお店の出店にもアレコレ規制があってきっとえらく面倒なんだろうな。

これはアメリカの西海岸でちょくちょく見る海に延びた長い桟橋である。日本でいえば道の駅と機能的には同じだ。海風が通り抜けて心地よく休むことができる。

鈴を鳴らして馬のトロイカが行く

シベリアのパリと言われているイルクーツクは街中の木に氷雪が付着し、それらがすべて樹氷となって広がるので高いところからみると本当に息をのむほど美しい。冬のあいだ連日マイナス四〇度以下になるが、街は普通に機能し、毛皮の防寒着に銀キツネのマフラーなどで頭を包むように覆っている女性など、じつに美しい。

シベリアの女性は冬にその白い顔がひきしまり、行き交うどの人もみんな美しくみえる。ロシアの男たちも外国人にそれを自慢する。ただし民族的な体質が影響し、彼らの言葉を借りれば「ロシアの女は十七歳の誕生日までこの世のものとも思えないくらい美しいがその翌日から太りはじめ性格もどんどん強い女性になってやがてこの世のものとも…」

地元で語られる定番のジョークだが、たしかに市場などでみる中年女性は風貌もしぐさも根性もひたすら強いオバチャンの道を突っ走っているのがわかる。

郊外にいくとこういうトロイカが鈴を鳴らしながらやってくるのといきなり出会う。トナカイではなく馬のトロイカだが、これは荷物を運んでいる軽トラックぐらいの役割をしている。常に凍った道ばかりだから自動車などよりもちゃんとしっかり足を踏みしめて走るこういう馬車のほうがずっと安全なのだという。

シベリアでちょっと郊外などに出ていって困るのは昼食をとる店がまず見つからない、ということだ。ファストフードの店など皆無だし、コンビニなんて夢のまた夢だ。外出が遅くなり午後までかかるようなときは弁当を持って出なければならないが、ホテルに泊まっている外国人にはそれもままならない。

ホテルの中にある食堂は夕食をメーンにした大仰なしくみで、その予約をするので精一杯。欧米タイプの軽食堂やパーラーなどという気軽に入って簡単に食べられるサービス機能がないのが普通だからだ。外で簡単に食べられるサンドイッチのようなものを売っている売店というものもない。

ロシアのパリなどといっても、シベリアの田舎の都市。自然が作ってくれた美しい風景や寒さはたしかに旅情をかきたてるが、それ以上のサービスを人間にしてくれない。

いちばんおいしいのはピロシキだった。これはコロッケのようなもので、完全に家庭料理。レストランなどのメニューにはない。

ときどきドンゴロスの袋を抱えたおばちゃんと街なかで出会うと、かなりの人がそのおばちゃんのあとに着いていく。街の小道の奥のめだたないところでドンゴロスの袋をあけてそのおばちゃんの家で揚げたばかりのピロシキをすごい早さで売ってくれる。こういう民間人のゲリラ商売は禁止されているので売るほうも買うほうも必死なのだ。

こういうのが手に入ったら楽しみな弁当になる。シベリアの旅でもうひとつ困るのは公衆便所がまずない、ということだった。下痢などしていると外出は決死隊のようなものになってしまう。

馬が付けた鈴の音と、凍った雪道を走り行くひづめの音がなんとも心地いい。その国の持っているうらやましい光景のひとつだ。

アザラシをバリボリ、腸の中までススル

少し前（本書44ページ）、犬ゾリの写真とともに北極圏には国境の感覚はない、ということを書いた。国が変わっても生活文化や狩猟技術など殆ど同じ、ということを書いたのだが一番大切な飲食習慣も変わらないことを書き忘れた。

北極圏に生きるイヌイット（エスキモー）の主食はアザラシである。アザラシの種類はたくさんいるが、どの国もナマで食べる。セイウチ、オットセイ、トド、クジラなどみんな生でバリバリ食う。

どうしてナマで食うのか、ということは現地に行ってみるとよくわかる。北極圏は森林限界をとうに過ぎたところにあり、まわりに草木が生えていない。流木なども流れてこない。大昔から焚き火をすることがなかった。

火で肉を焼くことができないのだ。だから生でバリべリボリと食ってしまう。

この写真の肉はアザラシの前ヒレのところだけれど、真っ白な皿にのせられているので見た感じちょっと奇妙だ。むかしはこんな皿など使っておらず氷の上なんかに置いて食っていたが、いまは政府がツーバイフォーなどの住宅を建ててネイティブに貸与していたりして、生活近代化の後押しをしているから、氷で作ったイグルーなどに暮らしているネイティブはまず見当たらない。台所に食器なども揃えてあって、写真のようにしゃれた姿で肉が乗せられて出てくるのだ。

さっき書くのをちょっとためらったが、これが本当のヒレ肉なんちゃって。アザラシは犬が海に入り込んで進化したもので、解体するとわかるのだが、前ヒレと後ろのヒレの本体は犬の前足、後ろ足で先端だけが体の外に出てヒレとなっている。

食べるときはこのヒレを掴んでナイフで好みの部分を切り取り、かぶりつく。慣れるとけっこううまい。

初めてイヌイットの村に行ったとき、貰ったアザラシの肉をラジュース(簡易コンロ)で焼いていていたら風下に住んでいる家からイヌイットのオババが出てきてもの凄い剣幕で怒っていた。なんで肉を焼いているのだ、と怒っているのだった。通訳に訳してもらったら「わたしゃ肉の焼ける匂いが大キライなんだ」と言っていたらしい。

焼き肉の匂いに誘われてフラフラ焼き肉屋に入っていってしまう我々とは反対の食文化を築いてきた民族らしい反応で、以降そこにいるあいだは生食文化に無理やり対応していった。

彼らは内臓も大切に食べる。心臓、肝臓などは口のまわりを脂だらけにし「ママット、ママット」（うまいうまい）といいながら本当にうまそうな顔をして食べている。こちらもその真似をする。内臓は硬いところと柔らかいところが入り組んでいて食い方が難しい。一番焦ったのは腸の中身をススルことだった。腸の中身は成長途中のウンコであるとわかっているから少しヒルムのだが、そこまでいったらススルしかない。シオカラの食感だった。

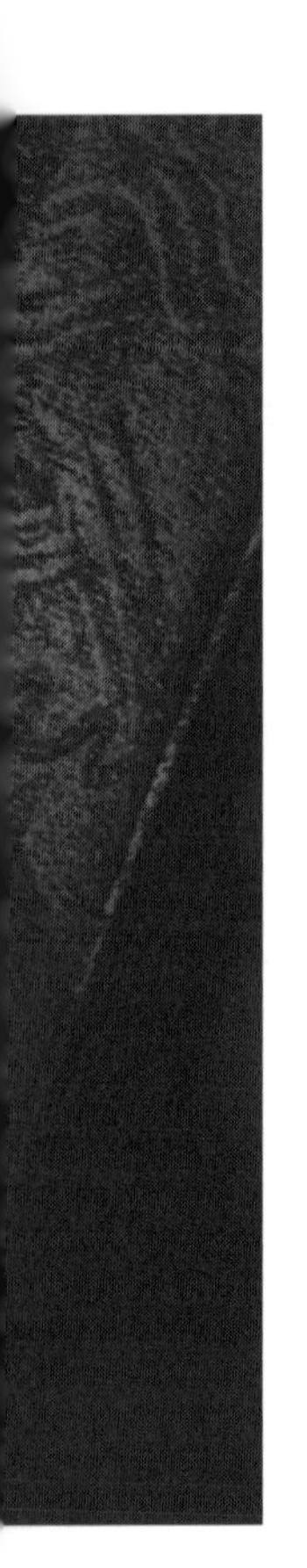

アザラシの生肉は慣れてくるとけっこうイケル。現地の人は内臓まで食べるけれど、なかなかそれはなじむのに時間がかかった。

イヌイットの簡単確実キャンプは素早くうまい

カナダの北極圏でイヌイットのファミリーとキャンプ旅に出た。イヌイットやエスキモーと呼ばれる人々はアジア系の血がまじった顔をしているからコトバは全然通じないもののみんな親戚のおじさん、あんちゃんみたいな顔つきをしているので親戚旅行みたいで気持ちが楽だ。

　彼らのキャンプは狩猟目的なので日本のキャンプなどでは一番大事な全員の食料などまったく気にしていない。だから持っていかない。せいぜいパンを作る小麦粉ぐらいだ。

　そろそろ氷が押し寄せてくる晩秋や氷が溶けはじめる初夏がキャンプの季節だ。初夏は蚊がすさまじい状態でとびまわり蚊柱ができると向こうの風景が見えなくなるくらいだから秋のキャンプのほうが状況はいい。

効率的に漁のできる岬の先の海峡に行くにはモーターボートで川を逆上っていく。氷河から溶けて落ちてきたクルマぐらいある氷塊を巧みに避けながら目的地まで突っ走っていく。途中小さな流れ込みのあるところで中間キャンプとなった。

簡単なテントをはり、さっそくその日の夕食のための釣りを開始。狙うのは日本ではマボロシの魚と言われているイトウだった。

竿なしでミチイトの先にアザラシの肉片などをくくりつけていた。その仕掛けを流すとたちまち強いヒキがきた。そのあいだ約十分。もう一メートル級のイトウがかかっていた。彼らのあいだでかわされる名は一度聞いただけではおぼえられなかった。

チームは六人いたが三匹釣って「もうこれ以上料理できないから」という理由で釣魚おわり。塩味のイトウのスープだけで満腹した。

翌日支流から幅の狭い海峡に出る。まだ海におちたばかりの巨大な氷塊が流れてくるなかをさらに外洋にむかってすすむ。途中自分の手の先が見えないような濃霧

この季節、北極のキャンプで注意しなければいけないのは白熊だ。空腹の白熊を見つけたら鉄砲で撃つしか生き残る道はない、とこのイヌイットの長老に聞いた。

に覆われて、そのあたりで上陸。

彼らは地図など持っていないから何を狙うにしても海峡がせばまったところが大きな魚を狙いやすいらしい。

すぐにまずはテントを張り、狩猟の準備をする。準備といってもそこからは子クジラを狙うので道具はライフルだけだ。だから日本の釣り師みたいにこまかいルアーだジギングだの支度はまったくない。

持久戦だったから腹をすかせていると長くもたないので簡単な食料を作っていた。バノックという無発酵パンだ。フライパンいっぱいにこれを三個ぐらい作っていた。

で、準備おわり。

あとは海峡をやって来る子クジラなどを待つだけだった。キャンプの狩猟といっても実にテキパキとあっけなく支度してしまうのでぼくは驚いて眺めているだけだった。

日本の釣りの繊細なこと。まもなくやってきた子クジラをライフルで撃って取り敢えず初日の漁はおしまい、だった。

驚きと魅惑の日々

南の風に誘われて

三十代から四十代のころ、ひっきりなしに外国の南の島に行っていた。それもリゾート施設のあるような、いわゆるトロピカルアイランドというようなものではなく、南半球にひろがっている、島人らが生活しているだけの地味な島が多かった。

その頃ぼくは南の風に誘われ、スクーバダイビングに凝っていて、よく南の島に行っていた。でも観光ダイビングで堕落、腐食、頽廃しているような島は見るだけで嫌だった。海に入っていくのに全身サンオイルをびっしりつけて、そいつらが海に入ると海面が油でギラギラ光るというおぞましさで、消防車のホースで海水をぶっかけ強引に全身清掃したくなって困った。

だからもっぱらそういう奴がいない観光施設のない島に行った。もちろん海に潜るためのダイビングギアは全部持参する。宿泊施設もないからタープを持っていって、魚を食った。島の人にプレゼントを持っていってオベッカを使うと何かたいへん立派な魚やエビなどをもらうことがあった。

氷のない島だからビールを持っていってもしょうがない。ウイスキーを持っていった。それもひっそりと飲む。

都会からきたらしいいちゃいちゃカップルなど目にしなくてもいいからストレスはない。この独自作戦はたいてい快適だった。

近隣の大きな港のあるところからチャーターした原始的なヨットでそういう島に行く。我々をおろすとまたボートは港に戻っていき、約束の日に迎えにくる。

あるときちょっとした低気圧がやってきて迎えが一日早くやってきた。筵（むしろ）みたいな帆をかけた原始的なヨットもどきなので半数ずつ運ぶ、という。

ぼくはもっと写真が撮りたかったので後発の三人と残った。たいした威力はなかったが低気圧はやってきて我々は天幕（タープ）にくるまってやり過ごした。

翌日低気圧は去り、また快適な南島の快晴になった。

ところが予定の時間になっても迎えのヨットがやってこない。「どうしたのか」聞きたくても電話も無線もない。

こういう原始的な島で、そういうことになるといきなりパニックになりますなあ。どうすることもできないのだ。

とうとう夜になってしまった。居残り三人組はパッキングした荷物をほどき僅かな食料を出してなんとか力をつけようとした。

ところが水がもうない。約束では迎えのヨットのクーラーボックスに冷たいビールを持ってきてもらう、という甘い夢と希望に慢心していたのだった。

とうとう村にいって椰子の実を三個もらった。椰子ジュースはうまい。それをチビチビのみながら、いろいろ話をしていたが、いちばん恐れていたのが、最初のヨットがなにかのアクシデントで沈没し、もう我々がこの島で待機していることを知っている人など誰もいない、という事態だった。この写真はちゃんと二日目に迎えにきてくれたオンボロヨットである。

先進国で見かけるヨットとは違い、草や蔓で強引に風を受ける帆にした原始的なヨットともいえない帆掛け船。南の風をうまく受けると心地よく進んでいく。

恋あり転覆あり命がけで次の島へ

地図で見ると、ニューギニア島の東のほうにトロブリアンド諸島がある。有人島、無人島あわせて三十〜五十ぐらいの島々や岩礁が大きな輪を描くようにしてひろがっている。

島の数が曖昧なのは、島と大きな岩礁がいろいろで、その数え方の差が影響しているからのようだ。島でヤムイモやタロイモの栽培を仕事にしている人（つまりは農業）はトロブリアンド諸島のたぶん二十島ぐらいで手がけているだろうし、食料として魚や鮫、装飾品としてサンゴやシャコ貝などの海産物をとっている（つまりは漁業）従事者は三十島ぐらい。

魚や価値ある貝などが捕れるところは島と言っているようだ。

岩礁で捕れる魚は日本でいうクエとかアラといった重さ二十キロぐらいはある根魚で、当然食い出がある。貝はシャコ貝が最高の獲物で三十センチから五十センチぐらいのものがある。日本でも南海で捕れるシャコ貝は沖縄や小笠原などで二十センチぐらい。しかしそれより大きくなるとまずいといい、十五センチぐらいまでの「ヒメジャコ」が刺し身などで好まれている。大きなシャコ貝の殻は飲み水などの入れものとしても重宝されている。

トロブリアンド諸島は海洋民族学者のマリノフスキーによって研究、紹介された。写真は「クラ」と呼ばれる命がけの壮大な帆船による海の若者たちの海洋リレーだ。白い貝の首飾り、赤い貝のブレスレットをそれぞれの島を逆方向に何日もかけてバトンのようにリレーしながらの競争だ。

その一隻に乗ったが帆船といっても八人乗り前後で、わかりやすくいうと七〜八人乗ればもう満員で「ゴザ」みたいな帆によってはしらせる。方向を変えるためにはこの帆を帆柱ごと引き抜いてみんなで担いで前後を入れ替える。

そのとき予想もつかない方向から強い風や大きな波が押し寄せてきたらたちまち

バランスを狂わしてひっくりかえる。転覆した船はゴザのような帆が海水を吸い込むので数倍の重さになり、なかなか回復できない。無線も何も連絡方法のないはるか昔から続いている命をかけた「海の駅伝」だ。長い歴史のなかで行方不明になってしまう帆船がずいぶんあったらしい。

競技に出る若者たちはみんなおしゃれだ。何日もかけて次の島にたどりついた若者はその島の全ての人から歓待され感謝される。その中では恋におちてその島に居ついてしまうものも多いらしい。海に閉ざされてしまった海の男たちはこういう命がけの海洋レースで血の交配を果たしているようだ。美しく勇壮な海洋民族のこの祭典のその後の話をあまり聞かなくなっているのはもう少し安全な形に変わってきているからなのだろう。

海の男たちが、大きな貝で作った首飾りやブレスレットを駅伝のバトンのようにして、いくつも点在する島から島へ渡していく、クラと呼ばれる海の儀式がある。そこに出ていく小さな島の命がけの船旅の風景。

隣島の海の英雄を待つ娘たち

時計まわりと反時計まわりの前ページで紹介した「クラ」のレースは二組ある。一方は白い貝で作られたネックレスと、その反対側を回る組は赤い貝で作られたブレスレットをリレーのバトンのようにして手渡し、勝敗を競う。五～六人乗りの木製の舟の帆は近くでみるとゴザのようだった。回転に失敗して倒れると帆が海水を吸って重くなり、操船も難しくなるし、絶えず変化する荒海にのみこまれる危険もある。目的の島にたどりつくと、その島の住人から熱烈な歓待をうける。荒海を越えてきた海の青年たちは間違いなく近隣の英雄なのだ。

ぼくはそのうちのひとつの島で勇敢な航海者がやってくるのを待っていた。

一年に一度の壮大な「まつり」だから島全体が期待に満ちて浮足だっている、という印象だった。

リレーに命をかける男たちも、無事に目的の島にたどりつけばその島人全員の喝采が待っているから噴出するアドレナリンとともに全力で荒波を越えてくる。島の娘たちはご覧のように普段から腰蓑だけだが、この日は質素なものではなくて祭り用のきれいなものでおしゃれしている。

島の娘たちは毎日海の中で魚介類の捕獲が仕事だから荒波に鍛えられてバランスのいい健康美だ。

この島にいるあいだそんな娘ばかりなのでカメラを持ってうろついているぼくは野良犬になったような気分だった。

海洋民族は視力が抜群にいい。

リレーの最初の舟の、遠目でもいかにも重そうな帆をいっぱいにはらませて、危険な珊瑚礁の切れ目から突進してくる光景はつくづく感動的だった。

粗末な木製の舟は大海を渡ってくるときも常に危険にさらされているが、珊瑚礁の切れ目からラグーンに入ってくるときが最大の試練で、進路をあやまると珊瑚岩に激突して運が悪いとレースの男が死傷するという。

かれらの無事を願って浜にたつ島人の悲鳴に似た応援の声には激しい涙声もまじっている。
無事に白砂の浜にたどりついた隣の島の青年航海者たちは当然ながら英雄である。しかし彼らから貝で作られたバトンを受け取ったその島の次の漕者たちの船出がある。
リレーであるから命がけの次の海にたちむかう新しい英雄たちは島人あげての応援の声に送られて次の島を目指す。
この島にやってきた隣の島の青年たちは島人の熱烈な歓待にあう。その歓迎の宴のあとに若い男女たちの交合があるのだろう。血の交配もこのレースの大事な目的なのだ。

前ページで紹介したクラのレースでは、島の娘たちは英雄を歓喜で迎えうつ役割がある。実際、クラのレースは荒波に巻き込まれて転覆して帰らなかったりする命がけの冒険でもあるのだ。

世界一大きいヤドカリ！
味はタラバガニ

これはタラバガニではありません。よく似ているけれど違う生物。水深十メートルから十五メートルのわりあい浅い海底のあちらこちらに棲息していて逃げ足はえらく遅いのでシロウトでもとれる。げんにぼくでもひと息潜ると三バイほど捕獲してきた。ただし場所はマゼラン海峡。ここから千キロほど南下すると南極だ。したがって潜るときはドライスーツという、セーターなどの防寒着の上に着る潜水服をつけていないと長持ちはしません。

いろんなところに行ったけれどぼくが一番好きなところはパタゴニア。日本からみると地球の反対側になるのでえらく遠いけれど五〜六年おきに何度も行った。

この写真はチリ海軍のフリゲート艦。前甲板に大砲を装備しています。その水兵が海峡がおだやかなときに潜っていってこの大カニを捕ってきてくれた。

仲間の水兵が彼が潜っているあいだに石油缶ぐらいの入れ物で湯をわかし、とってきたカニの脚をばりばり折って茹でる。ただし頭はみんな海に捨ててしまうので、ぼくは焦って「なんてことするんですか。ここに入っているカニミソがうまいのに！」と怒りながら三個ほど拾った。でも水兵は「そこには何も入っていないよ」と逆にびっくりしているのだった。

こじあけてみると本当に何も入っていないカラッポ。南半球のタラバガニは「脳なし」なんだ、ということがわかってしまった。

そのあたりタラバガニと根本的にちがうところだった。

ミナミイバラガニといってカニというよりもヤドカリが生態学的な祖先。ずいぶんでっかいヤドカリで、こいつが入れるカイガラはあまりないだろう。

人々はセントーヤ、もしくはセントージャと呼んでいた。酢かマヨネーズをつけて食べる。この時期「マヨネーズ娘」という歌がはやっていて、髭面の兵士が「マヨネッサ、マヨネッサ」と歌いながらマヨネーズをたっぷり塗って嬉しそうに食べている光景はなかなかよかった。四~五人で四匹も食べるとはらいっぱいになる。

それ以降マゼラン海峡にいくと「セントーヤくわせてくれ」と必ず頼んでいたが、行くたびにだんだんカタが小さくなっていくのが心配だった。シロウトでも潜れれば簡単にとれるのでたちまち乱獲になり、大きくなる前に捕獲されてしまうようだった。

最初の頃は、町の港食堂などにいくとこのくらいの奴が五百円ほどで買えた。その頃は牧場にいくと小羊が五百円。赤ワインがバケツいっぱい五百円だった。千五百円で十人ぐらいの宴会ができた。どれもみんなうまく、そういうことでもこの地方がぼくの一番好きな土地になっていった。

でもいまはプンタアレナスという港町から南極行きのクルーズ船が出るようになって、ここまで飛行機で飛んできた太ったおばさんおじさんがどんどん食い荒らしてしまってるらしい。

この大きなカニはどう見てもタラバガニだが、現地の人は足をボキボキ切り取ってドラム缶で茹でて食べる。この大きなアタマのミソがうまいのだ、とこじ開けてみたら、中は空っぽだった。

島の浜にテント泊していたら突然こんな人々に起こされた

南西諸島、先島諸島はこれから台風の季節が来ると大変なことになるが、そのあたりの島に住んでいる人々は台風とは逆に、おしなべて性格温厚で訪ねる人にみんな親切だ。ぼくはむかしそのこころやさしき島の人々の温情によって舟のヒッチハイクで日本の一番南のはしっこである波照間島まで行ったことがある。

海がおだやかな季節だったこともありサバニという南島独特の形をした大きなスピードの出る漁船で、今思えばかなり冒険的な船旅をしたのだった。

ぼくはテントかついでの一人旅で前にも一度キャンプした波照間島の製糖工場前の海岸、通称ピー浜のモンパの木（南島特有の葉がたくさんひろがり高さ四メートル程度）がいっぱい生えているところでテントから顔だけだして寝ていた。星を眺めていたのだけれどいつしか眠ってしまったらしい。すると真夜中に三線（蛇皮線）と太鼓によるここちのいい島唄に起こされた。びっくりしたが、先方もいきなり知らない人が闇から出てきたので驚いていたようだった。

聞けば、もうじきはじまる地区対抗の島唄大会があり、仕事と宴会が終わってその練習にきたのだという。ぼくはタダで名調子の島唄をきかせてもらい（やや寝不足になったが）その島人たちとも友達にもなれたのだからやっぱり島はいい。

関東などだと林の中でキャンプしていると散歩でとおりがかった人などが密かに警察などに通報し、夜中に警官から職務質問などされる。

氏名、住所などきかれ、ここにきた用件はなんですか？　などと聞かれる。バカかおめえ、と思いますね。ひとけを離れて林のなかでテント張って寝ている人がテレビだのクーラーなどのセールスにきていますか。

日本各地をこんなふうに旅してきたが、あたりに誰もいない原野でテント暮らしをしていると犯罪者のように思うのだろうか。「親父狩り」などいうチンピラ集団に気をつけてくださいよ、などと言うがそういうのを排除するのがあんたらの役目だろう。警官の多くはアウトドアなどにあまり興味はなく、原野で一人でテント暮らしをしたことなどないのだろう。だからそういうことを趣味としている人の神経、心理がわからないのかもしれない。

この島のあと与那国島にいった。こっちは日本最西端だ。めずらしくおみやげついでにそば屋をやっている店をみつけた。

その親父さんも人好きのいい人で、もりそばのタレに椰子蟹のワタをいれるとうまいんですよお！　と力説するので注文した。

椰子蟹が椰子に昇って椰子の実をでっかい鋏で切って落下させ中身を吸うというのは嘘で、体長三十センチもあるでかいやつでもそんな力はない。今はそば屋の親父がドッグフードで蟹よせしてつかまえている。ヤシガニはぶらさげているあの陰嚢のようなところの中身をタレにいれて食うとややキモチワルイけれどほんとうに「うひゃあ」と叫ぶくらいうまいんですよ。

太鼓と三線の演奏で歌う島唄は、夜更けに聞くと不思議な気持ちの高揚がある。贅沢な夜だった。

椰子蟹の〝キンタマ蕎麦〟は格別の味

前章で、日本の最南端「波照間島」と最西端「与那国島」のことについて書いたが、与那国島の名物、椰子蟹のことについてほんの少ししか書けなかったことがココロ残りで前編、後編ということにして、この島でしかあまり見ない椰子蟹取りとその食い方についてもう少し書いておかないと気がすまなかった。

九州にも本州にもいないこの蟹はとんでもない大きさになる。このおっさんが捕まえたのは一キロぐらいだがときどき三キロぐらいのがとれる。本州の人で野生の椰子蟹を見た人はめったにいない筈だ。

ぼくが最初に見たときは二キロぐらいのやつだったがびっくりした。そのハサミの巨大さがすごい。指などちょん切られてしまいそうな迫力だ。こういうのが垂直の椰子の木に登って椰子の実を茎から切り落とす、と言われると誰しも信じるようだ。

でも椰子の実とりの親父は「こいつらにはそんな大層なことはできないよ」と実にあっけない。椰子の実をよくみるとあの重たいのを支えている茎は思った以上に頑丈で、いかに大きなハサミを持っていたとしても蟹の力ではまず無理だ、ということがわかる。

椰子蟹取り親父は公園のなかなどにあるコンクリートのU字溝に目をつけ、ここの要所要所にドッグフードを誘いの餌としてしかける。椰子蟹は夜、この匂いにひかれてU字溝に入ってきてとらえられてしまう、ということになる。この写真の名人なんかは何箇所かその罠をしかけていて一晩に五尾も六尾も捕獲しているようだ。背中を持つとまず挟まれることはない。椰子蟹はその巨大なハサミや尾も食べるがもともとの先祖はヤドカリなのででかいわりには肉の部分は少ないし、あまりうまくない。

食べるのは腹の下にひきずっている尾の内側で、これが簡単にいうと巨大な睾丸(こうがん)そっくりなのだ。睾丸はタヌキが有名だが食うということになると椰子蟹にはかなわないと思う。料理のときに切り離した睾丸を包丁で開く。グロテスクな中身が現れ、最初はやや後ずさりたくなる。睾丸の中はお子さまふうの表現ですると「ぐちゃぐちゃ」である。

もっとも形状や色合いから睾丸と言っているのでたんなる下半身、である可能性がある。全体のサイズからいってあんな大きな睾丸は必要ないだろうなあ、と理解できる。

何に使うかというとその親父の本業は「そば屋」でそばのタレの中にこの睾丸のぐちゃぐちゃ切りしたものを混ぜるのである。

「ここまできたら骨でも髄でも」という気になっていたからその睾丸ふうの破片をたくさんまぜてグチャグチャにしたもので蕎麦を食う。これがじつにじつに「うまい」のである。ときどきタレと睾丸のきれっぱしの分量調節をしてどんどん食べる。南島ならではの格別の味にまいります。

ヤシガニは、もし日本三大珍味などという問いかけがあったら、その代表にしたいくらいだ。不思議な生き物であり、食べるのに勇気がいるけれど、それにもまさるおいしさだ。一生に1度は食べてごらんなさい。

誰でも釣れるナマズは〝カラアゲ〟にかぎる

いろんな国を旅してきた。初めて行く国で最初に見にいくのは市場だ。そこにいくとこの国の人が食べているものをいっぺんに見ることができるし、どんな生活をしているか、ということもわかってくる。食品の市場などでは全体が緑に見えるのは新鮮な野菜が沢山流通しているのだな、ということがわかる。

ちょっと表現に難しいが、市場全体が動いてみえる、という場合がある。沢山の人々が売ったり買ったりしていることでもあるが売り物のなかには生きているのもたくさんいる、ということでもある。

日本のスーパーなどは宣伝用にチョコマカ動いている電動看板などがいろいろあるが、あれとは感覚的に違う、というのがすぐにわかる。機械で動いているのは一定のリズムのなかの動きなので生命感がない。

途上国で見るあっちこっち動いている商品はみんな不規則で、それはいろんな生物が自分の都合で動いているからだ。

早い話、羊を買おうとするとその買い物は生きているのに限る。死んでいる肉は買わない。肉がやわらかくておいしい子羊だ。親族の大宴会などやろうとしている人がそういうのを生きたまま買っていく。

ウサギ、カイ(小さな鹿)、野ウサギ、ウリボウ(子供の猪)、ハクビシンなど市場ごとにいろんな種類の動物が様々に動いている。水関係の生き物ではカメ、サンショウウオ、水蛇などなど見ているだけで飽きない多様さだ。

ぼくはあまり好きではないが見ているのが好きなものにヘビがある。一メートル四方ぐらいの鉄あみ箱に種類別にいれられていて有毒蛇がたいてい四、五種類。無毒蛇は三、四種類。無毒蛇は三、四匹がからまりあってじっとしているが有毒蛇はカマクビもちあげてなにごとか怒りながらしゅうしゅういって動きまわっている。

こういうものが市場全体を活気づかせているのだ。それにくらべると先進国の市場は綺麗だけどなんと気取って全体がズル賢い風景にみえることか。

ぼくはモンゴルに延べ半年ぐらいいたことがあるが、暮らしは野辺で、ゲルという遊牧民の住む半円球のテントだった。川の近くに泊まることが多い。

食料は主に釣りで得る。スーパーはないからね。場所によってはイトウなどがいるが我が腕ではなかなか釣れない。誰でもすぐ釣れるのは七十センチぐらいのナマズで、これは簡単に手に入るので商品価値はなく、市場にも出ない。自分で釣るのだ。三十分で十四ぐらい釣れる。種類と場所にもよるのだろうが、モンゴルのナマズはものすごく臭かった。でも我々の重要な食料だった。調理係のものがいつも顔をしかめてこの獲物をうけとる。

腹を裂くとネズミがいっぱい出てきて、これが臭みの原因らしかった。モンゴルの草原はネズミだらけで、ナマズは陸にまで半身をのりあげてこれを食っているのだ。胃のなかのネズミを捨てて輪切りにしてカラアゲにして食う。そうすればもう臭みはなく、なかなかうまかった。

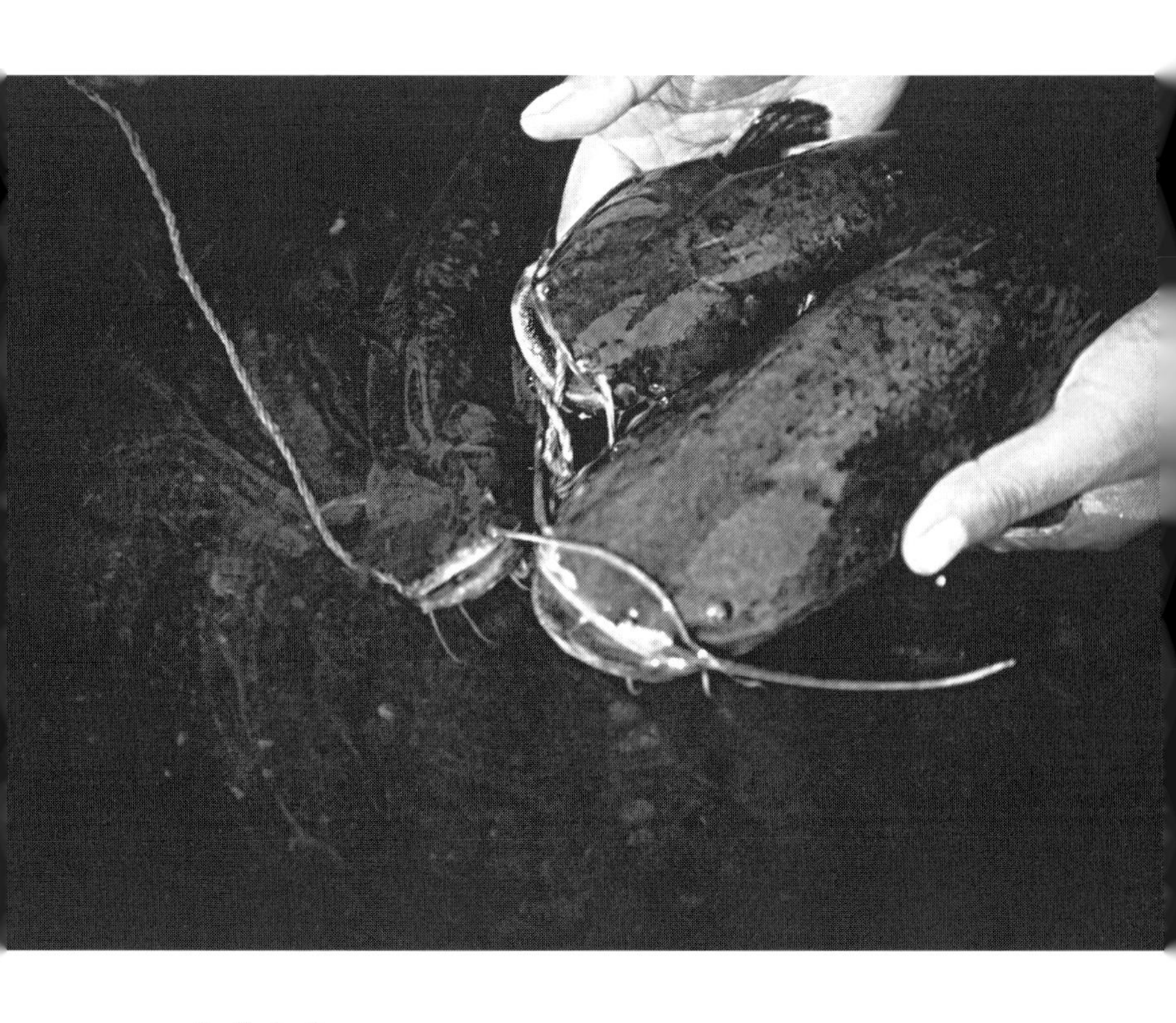

このナマズはけっこうでかく、尾まで入れると1メートルぐらいあった。貪欲なやつで、川原を走っている野ネズミを陸の上までのし上がって食べている。だから捕まえると胃の中からネズミがぞろぞろ出てくるので大変臭い。

横丁で楽しむ「一番過激な格闘技」

アジアの田舎町を歩くのが好きだ。どんなもの、どんなことに出会うかわからないからだ。日本のようにどこへいってもコンビニをはじめとして殆ど同じような看板や装飾がズラッと並んでいる風景は退屈で大味で十五分も歩くと飽きて疲れる。

その点、東南アジアはまだまだ国や町ごとに異なった風景があって刺激的だ。それらのなかでもタイは都市部も田舎も常に刺激に満ちていて歩いていると何に出会うかわからない。

ぼくが期待しているのは郊外で数人の人々が何事かコーフンした声で騒いでいる光景だ。

たいていそのあたりに住んでいる子供や青年らがやっているムエタイ(日本でいうキックボクシングの過激なもの)かセパタクロー(足だけ使ってやる三対三の戦

闘的バレーボール）だ。

　ムエタイに出会う確率のほうが高い。セパタクローはコートを張るスペースがいるのだ。ムエタイは横丁の路地に入ったようなところに粗末なロープを張ってリングをつくればもうすぐにも出来る。日本で一時期流行ったキックボクシングだからリングにする縄とグラブだけあればもうタタカえる。

　大体二十人ぐらいの青年や少年が集まっており、みんなコーフンしている。ぼくがタイにいってあっちこっち歩き回るのはこの横丁キックボクシングと出会うためでもあるのだ。

　格闘技のなかでムエタイは一番過激だろうとぼくは思っている。パンチ、キック、膝蹴り、肘打ち、バックハンドなどの基本技がある。ＫＯ率が非常に高い。横丁にいる人々が集まってやっているのでその応援が凄い。

　正式な試合ではある程度ウェイトを合わせるが、こういう横丁大会ではいいかげんだからややもすると大人と子供が本気でたたかっていたりする。

　これはタイの国技でラジャダムナンとルンピニーという大きな闘技場で一日おき

に試合をしているからその気になれば毎日見にいける。

ビッグカードでは一万人ぐらい入るスタジアムだからその興奮した声援や怒号だけですさまじい。リング下の客席などにいると興奮した奴がビニール袋に自分の小便をいれて放り投げてきたりするからあまりいい席には行かないほうがいい。

ほとんどの人が毎試合カネをかけているからそのコーフン度合いも声援もハンパじゃないのだ。

でもタイにいるあいだ昼間は横丁でのこの小さなタタカイを見に行くのが楽しみだった。

この写真の少年は小学生ぐらいだったが自分の顔ぐらいあるグラブ（大人のを借りている）に半分ふりまわされるようにして自分より一回り大きな少年とけっこうちゃんとたたかっていた。少年は一ラウンドまで。だいたい引き分けとなるが、ダウンもせず誇らしげだった。

タイでは毎日大きなスタジアムでムエタイが行われている。タイ式ボクシング。日本風にいうとキックボクシングだ。もう完全にタイの国技で、このくらいの少年も本気で闘っている。

モンゴルの少年競馬が輝いていた頃

一九九〇年頃から二〜三年おきにモンゴルに行っていた。めあてのひとつはナーダムという国民あげてのおまつりで、その中ではとくに馬齢と騎手の年齢を揃えて草原を突っ走る四十キロ前後の長距離競馬が目当てだ。だいたい一番人気は、いろいろ安定してきてコーフンしていきなり疾走したりしない御者に忠実な馬で五歳〜七歳ぐらいの日頃よく走っているコンビ。

草原を直線に四十キロほど走る。

出走馬も四歳ならその年齢にあわせ、コースは草原直線である。ただし高さ二十〜三十メートルの山あり谷あり、天候次第でいきなりの泥の窪地があらわれ、おりかさなって倒れることもある。

スタートから競走馬のタタカイになる。うっかり転倒するとあとから来た馬の障害になり、間の悪いときは頭など蹴られて死ぬ場合もある。出走馬はその場所によっていろいろかわるが田舎の小さな村でも近隣からワサワサ集まってくるから三百頭から四百頭などになる。

首都ウランバートルなどは賞金がでかいから出走馬三千頭なんてのになるらしい。まあ東京マラソンみたいなものだろう。

地方のナーダムは親戚徒党の手前、出走する息子とその馬の調教などで馬と一緒に寝ることも多いそうだ。

ソビエトに与（くみ）していたころは育てている家畜の成長自慢があったが、資本主義というかたちのモンゴル国になってからは遊牧民の思想や意気込みはだいぶ乱れて、ナーダムへの熱の入れ方も変わってきた。

それまでの遊牧民の経済は、政府から預かった家畜をいかに熱心に世話して丈夫で足の強い馬を育てるか、という競争があったけれど、なかにはナマケモノの遊牧民も出てきて沢山の家畜を飼っているところは、十頭でも百頭でも世話は同じだろう、と自分のところの馬を預けてしまう。かつての日本の地主と小作人と同じような関係、構造になるのだ。

だからいい馬に育ててナーダムで優勝して優秀な遊牧民を誇示する意味がなくなった。すくなくなった仕事の空き時間に、どんどん入り込んでくる韓国資本にサケ、モノ、女をちらつかされ、破滅していっている。それと同時に首都ウランバートルは石炭燃料の煤煙で名物の青空が消え、毎日夕刻のような風景になっていて、町はポールダンスやカジノなどにどんどん略奪されている。

そういう盛り場を左右の腰に二丁ケータイをさしこんで、この六月、一年で一番時間があってカネがある遊牧民がフラフラあるき回ることになる。遊牧民という骨の折れる仕事からとっととおさらばしてウランバートルの堕落者を増やしているのである。

この写真は地方のナーダムで呼び物の最終レース。優勝しても馬にメダルしかもらえないが、この頃は少年たちの顔にはまだ遊牧民の強い目の光があった。

モンゴルに行くと、5～6歳ぐらいの子供が上手にたくましく馬を走らせている。女の子も負けずに突っ走る。これらが300騎ぐらいで競走するナーダムは感動だ。

異常なくらい人間好きな巨大魚

クエはハタ科の巨大魚で大きいのはなんと体長二メートル、体重百キロ以上になるという。日本ではなくオーストラリアのグレートバリアリーフでの体験だ。

右側でクエを抱いて愛を告げているのは三十代のぼくで、片側ではげましているのがオーストラリア人のバディ（ダイビングの相棒）。写真を撮ったのはカメラマンの山本皓一（こういち）氏。

クエはここらではコッドとよばれこの海域はとりわけコッドが多いのでコッドホールと呼ばれている。水深はたいしたことなく十五メートルぐらい。日本はクエやハタを釣るとおまつりさわぎになるが、コッドなど釣るのはオーストラリアの人々には特殊な人と思われている。さらにこんなに大きな魚をつかまえてもテリヤキや刺し身にする技術がないからこういう大型魚にとっては安全海域なのだ。

だから異常なくらい人間好きで、潜っていくとクエのほうから身をすりよせてくる。

ときどき魚の切り身を携えて潜っていき、水中でそれをヒラヒラさせると周囲から素晴らしい速さとタイミングでそれをパクッとやるからダイバーがここらに潜ってくると餌をねだって体当たりしてくるのだ。

ぼくはそのことを知らされずのんびり潜っていって、巨大魚だらけなのに驚いているといきなり背後からガツンと体当たりされてびっくりした。その重量感からサメかと思ったのだ。

そのくらい友好的なのでタイミングさえうまくやればこうしてコッドを抱くことができる。ただし長くてせいぜい十秒程度だ。コッドの体表はつるつるして固く、つかむ突起も滑りやすいのでじっと抱きしめて愛を語る、などという甘いことはできない。

そこから三十キロほど進むとコッドホールとはだいぶおもむきの違うサメだらけの海域がある。ここでは海洋学者がシャークフィーディング（鮫の食餌習慣）をしらべるところを見物した。最初に生き餌にするバラクーダー（一メートルくらいある）を十匹ぐらい捕獲し、それを生きたまま一メートルぐらいの間隔にしてワイヤーに結びつけ、海面には巨大なフロート、一番下はハーケンでワイヤーを海底の岩に打ちつける。十五メートルぐらいの生き餌の鯉のぼりみたいなの（ちと違うか）ができる。その設置をしているうちあちこちからじゃんじゃんいろんな種類のサメが集まってくる。ぼくたちダイバーは水深四十メートルぐらいのところで岩を背にして見守っている。

やがていまわしいホオジロザメをはじめ、しゅもくザメなどでかくて危険なやつが繋がれたバラクーダーを食いにくるのを見る。サメは餌にかみつくと一回転ねじって切りとっていく、というのをはじめて水中で観察した。自分のフトモモを思わずさすってしまった。

この大きな魚を抱きにぼくは海底まで潜っていった。日本ではクエと呼び、なかなか釣り上げることはできない巨大魚だ。しかしこうして仲良くなってしまえばクエの手づかみということになるが、抱けるのはほんの一瞬だった。

あとがき

南太平洋にトロブリアンド諸島がある。広域に沢山の島が円形に点在しているが有人島は十島ぐらい。

ここには海洋博物学者マリノフスキーが長い年月をかけてしらべた「クラの儀式」というものが存在する。

点在するいくつもの島を若者たちが粗末な帆船で何ヵ月もかけ、時計まわりと反時計まわりに分かれて命がけのリレーをしていく伝統的な儀式である。

舟は島で伐採できる数少ない木材をつかったオンボロ帆船で、帆は蔓や細い木枝を編み込んでつくってある。風をうけて走るけれどヨットのようにかろやかに帆をふくらませて思うままに走る、というわけにはいかない。

舟はひとつの島から次の島に到着すると乗組員はその島の次のリレー要員に交代する。

バトンがわりの貝はその島の舟と若者に渡される。その漁猟や舟の性能によってスピードなどの技量がいろいろ変わる。

二方向にリレー式につないでいくのでバトンのような役割をはたすもののひとつの方向には大きな白い貝で作られたネックレス。

いくつもの貝がくみあわさっているのでかなり大きい。反対まわりは赤い貝で作られたブレスレット。これも大きくて美しい。これを次々にバトンタッチしながら競争していく。

ぼくがこの島に行ったときはまだクラの儀式がはじまる前で若者たちがその練習を続けているときだった。

とにかくいずれもオンボロ舟なのでちょっとした操作を間違えたり予期せぬ大波や潮のかげんで転覆することがしょっちゅうあるようだ。

でもそういうことをうまくさばきながらいくつもの島をつなぐレースが行われていく。

場合によっては命にかかわることもあるようだ。

ぼくはこの島に着いてから毎日おこなわれているその練習風景をたのしんでいた。見ていると言葉はわからないけれどリーダーがそのつど的確な指示をあたえているのがわかる。たぶん以前クラの儀式の本番を体験している人なのだろう。クラに使われる舟も統一されているわけではなく、大きさもその仕組みもいろいろだ。いちばん大きな違いは帆をかける位置のようだった。表紙の写真にある舟は帆が一端にあってこれは風によって横に延ばして広げたり縮小したりする。

これと全く違うのは最初から横に帆が張ってあり、逆風になると方向転換はいったん帆を柱ごとはずして前後入れ換える、という驚くべき操舟方法だった。細長い舟の上で前後を入れ換えるのだからタイミングのとりかたひとつ誤るとそのまま横転してしまう。

そういった思いがけない古典的な操舟技術を浜からぼんやり眺めているうちにすぐに一日が暮れてしまう。

二〇二一年、初夏　　　　　　椎名　誠